Adelbert von Chamisso, E. F. Kossmann

Fortunati Glückseckel und Wunschhütlein

Ein Spiel

Adelbert von Chamisso, E. F. Kossmann

Fortunati Glückseckel und Wunschhütlein
Ein Spiel

ISBN/EAN: 9783743425095

Hergestellt in Europa, USA, Kanada, Australien, Japan

Cover: Foto ©Andreas Hilbeck / pixelio.de

Manufactured and distributed by brebook publishing software
(www.brebook.com)

Adelbert von Chamisso, E. F. Kossmann

Fortunati Glückseckel und Wunschhütlein

Deutsche Litteraturdenkmale

des 18. und 19. Jahrhunderts

herausgegeben von **August Sauer**

FORTUNATI

GLÜCKSECKEL UND WUNSCHHÜTLEIN

EIN SPIEL

VON

ADELBERT VON CHAMISSO

(1806)

AUS DER HANDSCHRIFT ZUM ERSTEN MALE HERAUSGEGEBEN

VON

E. F. KOSSMANN

STUTTGART

G. J. GÖSCHEN'SCHE VERLAGSHANDLUNG

1895

Druck von Carl Rembold, Heilbronn.

Einleitung.

I. Die Entstehung von Chamissos Fortunat.

Als im Oktober 1805 das Berliner Regiment Götze Marschordre in einen unbestimmten Krieg bekam, sah sich der 25jährige Lieutnant von Chamisso aus all seinen Träumen und Lebensplänen gerissen. Vermeinte er doch gerade an einem geistigen Wendepunkte zu stehen, und nun versagte ihm das Schicksal, der inneren Stimme zu folgen. Er hatte schon längst unwillig seine unnütze Thätigkeit und, die Wurzel alles Uebels, seine mangelhafte Bildung in sich erwogen, er hatte nun auch einsehen lernen, dass Verseschmieden um die Wette, Veröffentlichen derselben in einem selbst redigierten Musenalmanach höchstens einigen angesungenen Damen schmeicheln könne (Varnhagen, Denkwürdigkeiten[2] 1, 304), aber keine Weiterentwicklung in sich schliesse und keinen Ernstdenkenden, am wenigsten ihn selbst, dauernd befriedige. So wollte er nun — seine Freunde Varnhagen und Neumann waren ihm hierin vorangegangen — von vorn anfangen, und hatte zu diesem Zwecke, wie jene, mit aller Energie das Griechische ergriffen. Im Frühling wollte er dann Urlaub nehmen, um die Zustimmung seiner widerstrebenden Familie zu erringen, und dann — ja, was dann, das wusste er selbst noch nicht, aber jedenfalls den Degen niederlegen und studieren.

Auch im Dichten, und hierin ging er weiter als seine Freunde, musste mit dem bisherigen gebrochen werden;

das 'Dichtisieren' durfte nicht mehr die so wichtige
Zeit 'zerfetzen'. Der unter der Presse befindliche dritte
Jahrgang des Musenalmanachs sollte der letzte sein.
Zu diesem Entschluss führte vor allem die Erkenntnis,
dass die meisten seiner bisherigen Gedichte 'gemacht'
waren: 'Werde ich einmal von innen heraus müssen,
wird mich ein anders gestalteter Wille ergreifen' — doch
mögen der entschiedene Misserfolg des Almanachs und
speziell die höhnischen Recensionen, so leicht man sie
auch zu nehmen versuchte, diese Erkenntnis nicht wenig
gefördert haben.

'Der Krieg scheint alle meine nächsten Hoffnungen
aus dem Grunde ausgerottet zu haben, ich habe gelitten,
und habe mich endlich darin gefunden, — aber mein
redlicher Wunsch wird mir vielleicht auch nicht gewährt, dass ich doch zum Lohne alles Hingeopferten,
den Schauplatz der wildesten Wirksamkeit der Kräfte
sich mir eröffnen sehe, und das stürmische Gewirr des
Krieges.' Die Befürchtungen des Jünglings sollten
sich nur allzusehr erfüllen. Dreizehn Monate dauerte
der Feldzug, erst lächerlich langweilig, dann verächtlich,
zuletzt schändlich endigend mit der feigen Uebergabe
Hamelns. Nicht in neue Bahnen, aufs Feld der Ehre,
wurde der Bahnsuchende gerissen, er wurde nur auf-
gehalten auf dem ihm vorschwebenden Wege; nicht mit
grossen Erlebnissen durfte er sein inhaltbedürftiges
Inneres füllen, nur Jämmerliches bot sich ihm dar. Die
einzige Gefahr, in die er geriet, war die elende, als
Franzose im preussischen Heere standrechtlich erschossen
zu werden.

Der Anfang freilich liess sich, im Ganzen betrachtet,
so übel nicht an. In mehreren Quartieren sehen wir
ihn seinen Homer weiterlesen und sich in das neue
Testament vertiefen, und auch seine philosophischen
Träumereien setzt er fort (an Neumann, 17. November
1805); ja er wünscht sich den gottseligen Böhme, um
ihn zu geniessen, und bestellt Aischylos und Goethe

in der Göttinger Bibliothek. Aeussere Anlässe ver-
leiten ihn auch, seine 'entsaitete Lyra neu zu bespannen',
den herzlichen Pfarrerstöchtern in Rautenberg singt er
am 6. November ein zartes Dankgedicht in Stanzen,[1])
der schönen Freundin Sophie Sander schickt er am
14. November ein tiefes Sonett,[2]) der unglücklichen
Auguste Klaproth am 4. Dezember ein inniges Lied,[3])
in bissigen Terzinen verhöhnt er am 9. Dezember seinen
Kompagniechef,[4]) in einigen nicht weniger mutwilligen
Dezimen, wahrscheinlich am 18. Dezember, giebt er
auch sein Scherflein zur Verspottung Garlieb Merkels,[5])
daneben entsteht ein sentimentales Klanggedicht 'Sehnsucht', vermutlich Anfang Januar[6]), und endlich fallen
in diese selben Tage die ersten Versuche, seine kleinen
Weltbeobachtungen in Epigramme zu giessen.[7])

Anders das zweite Vierteljahr. Im Februar bricht
die frische Stimmung zusammen. Das Idealbild eines
gemeinschaftlichen Studiums mit den Freunden ver-
zerrt sich ihm, da er es fest ergreifen will, und er
fühlt sich, 'in bangen Träumen schlafend, gebunden
und gehalten, während die Zeit vergeht und fort und
fort rinnt.' Nichts könne er anfangen, nichts vornehmen,

---

[1]) 'Des Harzes Riese ward von mir erschaut', abgedruckt Deutsche
Dichtung 4, 286; eine Variante in dem Briefe vom 28. September 1806;
aus einem Notizbuch Chamissos sehe ich, dass die Angesungenen
Sophie, Adolfine und Friederike Cammann hiessen.

[2]) 'Als zu den Trümmern', ungedruckt, doch mehrfach in den
Briefen erwähnt. Es ist das 'Sonett' in dem Briefe vom 28. September.

[3]) 'Sehnsuchtlilie', ungedruckt, erwähnt in dem Briefe vom 28. September 1806.

[4]) 'Die Nase und der Braten', Scufforts Vierteljahrschrift 4, 184

[5]) Ungedruckt. Ueber die Testimonia Auctorum de Merkelio,
Kölln 1806, vgl. Varnhagen, Denkwürdigkeiten 1, 350, Dorow, Denk-
schriften und Briefe 4, 111. Neumanns Schriften 2, 164, A. W. v.
Schlegel, Sämtliche Werke 2, 200 ff.

[6]) Ungedruckt, erwähnt in dem Briefe 28. September 1806, wahrscheinlich auch 8. Januar 1806.

[7]) Encheiridion, meist ungedruckt, vgl. die Briefe 8. Januar,
26. Februar u. ö.

er gehe zu Grunde. Kein Vers entsteht, seine einzige
Lektüre ist Tausend und eine Nacht. Endlich kommen
die Freunde ihn zu besuchen, die zweite Osternacht
besiegelt seinen Entschluss: Abschied und Universität.
Das Abschiedsgesuch wird eingereicht. Er fühlt sich
schon neugeboren, und schreibt sich in A d e l b e r t s
F a b e l die gewaltige innere Bewegung vom Herzen
(18.—25. April 1806).

Aber das dritte Vierteljahr brachte neue Not. Erst
das gespannte Warten auf den königlichen Bescheid
'wie ein armer Teufel, der auf der Erde sitzt mit
rücklingsgebogenem Haupte und weit aufgesperrtem
Maule, indem der Zahnbrecher hinter ihm den Zahn
gefasst und — noch nicht auszieht'. 'Herzenslange-
weile' nennt er seinen Zustand, weil ihm die Ruhe zu
jeder Beschäftigung fehlt. Er liest Märchen, leichte
Lektüre, und beginnt selbst auch ein symbolisches Er-
lösungsmärchen in Goethe-Novalisscher Art zu schrei-
ben, D a s M ä r c h e n v o n d e m l i e b e n G ä n s l e i n.')
Am liebsten aber reitet er aus Hameln hinaus 'von
den Tambours weg zu den Nachtigallen,' bald hierhin,
bald dorthin. Endlich im Juli kommt der Bescheid,
dass, solange der Krieg dauere, der nachgesuchte Abschied verweigert sei.

Aus der Betäubung rüttelte den Enttäuschten
eine Einladung nach dem benachbarten Bade Nenn-
dorf. Dort weilten zwei jüngsterworbene Freunde in
Apoll, Beiträger zum dritten Musenalmanach ²) und
durch einen Besuch im September 1805 Chamisso persönlich bekannt: das F o u q u é sche Ehepaar. Er ritt
hinüber, und wundoffen wie seine Seele war, wurde sie
aufs heftigste erregt durch das Aussprechen mit den
weiterentwickelten Gleichstrebenden. Gespräche von

') Mehrfach in den Briefen erwähnt; das flüchtige Konzept ist
erhalten, doch haben es Hitzig und Palm unbeachtet gelassen.

²) Von Frau Fouqué sind die Gedichte 'Von einer Ungenannten',
S. 11—19.

vier, von sechs Stunden, in denen alle Errungenschaften
des Geistes, alles Heilige der Seelen getauscht ward,
entrissen ihn der trüben Gegenwart. Ein zweiter Besuch vertiefte die Eindrücke des ersten. Wie sehr
man sich verstand und wie tief man aufeinander ein-
ging, zeigen Chamissos Berichte an die Freunde. Man
darf nicht an die weinerliche Selbstbiographie denken,
wenn man sich den Fouqué des Jahres 1806 vorstellen
will: der erste Günstling A. W. Schlegels, eben noch
durch einen voluminösen Brief des Meisters ausgezeich-
net,[1]) mit vier Bänden Poesien schon auf dem Markt, den
Kopf voll der grossartigsten Pläne, mit unerhörter
Leichtigkeit schreibend; dabei den alten Kriegsadel tief
in der Seele, zu Pferd ebenso furchtlos dreinsprengend
wie mit der Feder — so konnte niemand geeigneter
sein, Chamissos Leiden mitzufühlen, so vereinigte niemand in seiner Person mehr Rechte, ihn zu ermutigen.
Worauf schon Fichte und Friedrich Schlegel bei den
Nordsternbündlern gedrungen hatten, sich an ein
grösseres Ganzes zu wagen,[2]) dazu riss nun Fouqué
den Freund wirklich hin.

Freilich erst nach einigem Schwanken in der Wahl
des Stoffes. Der Geschichte von S c h ö n R o s a m u n d,[3])
die Fouqué ihm zur Behandlung empfahl, scheint Chamisso gar nicht näher getreten zu sein; schon das ihm
so fremde altenglische Kostüm und der historische
Hintergrund mögen wenig Verlockendes für ihn gehabt
haben. Das M ä r c h e n aber, das schon vor dem Besuch in Neundorf begonnen war, wollte trotz wieder-
holter Ansätze nicht fortrücken. Hier, wo überhaupt
kein fester Stoff seiner Phantasie die Bahn wies, ver-

---

[1]) Vom 12. März 1806, gedruckt in Schlegels Werken 8, 142 und in
den Briefen an Fouqué, Berlin 1848.

[2]) Varnhagen, Denkwürdigkeiten⁴ 1, 809. 838. Von Fr. Schlegels
Brief liegt mir Varnhagens Abschrift für Chamisso vor.

[3]) Fair Rosamond in Percy Reliques, Series II, Book 2, später von
Körner dramatisiert.

lor er den Boden unter den Füssen. Ein äusserlicher
Umstand kam zu Hilfe: Von Mitte August bis Anfang
Oktober nötigte ihn ein Fussleiden, das Zimmer zu
hüten. In dieser Zeit einer unverhofften Musse kam
dem Unschlüssigen das Volksbuch von Fortunatus
zu Gesichte,[1]) und er beschloss, seine Kräfte an diesem
Stoffe zu versuchen, und zwar nach dem Muster von
Tiecks Oktavian. Weder der Stoff noch das Muster
sind auffällig, ist es doch die Zeit der romantisch-er-
neuerten Volksbücher und -märchen, und war doch für
die dramatisierten der Oktavian das unbestrittene Muster.
Es sei nur an Oehlenschläger erinnert, der gerade in
derselben Zeit mit dem Manuskripte seines verdeutsch-
ten Aladdin Deutschland bereiste, und in der deutschen
Vorrede zu diesem Werke das Verhältnis der einge-
schlagenen Richtung zu Tieck litterarhistorisch festzu-
stellen sucht.[2]) Dass in Hameln nicht einmal ein Oktavian aufzutreiben ist, scheint Chamisso ein Charak-
teristikum für die Barbarei, in der er sich befindet.

Es ist bekannt, dass das Volksbuch 'Fortunatus
mit seinem Seckel und Wunschhütlein' in zwei selbständige Teile, die Geschichte Fortunats und die seiner
Söhne, zerfällt und dass daher alle Bearbeiter sich von
vornherein vor die Frage gestellt sehen, ob sie sich
mit dem zwiespältigen Stoffe abfinden (Hans Sachs,
Uhland, Tieck) oder eine Einheit der beiden Teile erzwingen (Th. Decker, ihm folgend die englischen Komödianten und einigermassen auch der Kasseler Dichter,[3]) Bauernfeld) oder ob sie nur einen der beiden Teile

---

[1]) Jedesfalls die Ausgabe 'Gedruckt in diesem Jahr', welche F.
W. V. Schmidt in seiner Uebersetzung von Deckers Fortunat (1819)
als allgemein verbreitet anführt, die ich aber leider nicht benutzen
konnte.

[2]) Varnhagen und Neumann studierten Tieck in Hamburg 1804/6,
Neumann richtete sogar ein Sonett an ihn über den Oktavian, vgl.
Neumanns Schriften 2, 162.

[3]) P. Harms, Die deutschen Fortunatusdramen und ein Kasseler
Dichter. 1892.

herausnehmen wollen.¹) Chamisso entschied sich für das
letzte: sein Stück hebt erst ein Jahr nach Fortunats
Tode an²). Damit fällt die Hypothese des jüngsten und
geistreichsten Chamissobiographen³) in betreff des mut-
masslichen Grundgedankens des Chamissoschen Spieles.
Walzel nämlich hält den Satz, Weisheit sei mehr als
Reichtum, für die Moral des Volksbuches und meint,
sie sei es, die den Dichter zu dem Stoffe gezogen und
sie habe er sicherlich zur Idee seiner Dichtung erhoben.
Wenn aber überhaupt, so kann doch diese Idee nur
für Fortunat selbst, zur Not für die ganze Geschichte
als Familiendrama (vgl. Deckers Behandlung), sicher
aber nicht für den zweiten Teil allein gelten. Auch
Walzels weitere Vermutung, dass die 'blendende' Gestalt der Agrippina es gewesen sei, die Chamisso gerade zum zweiten Teile des Volksbuches hingezogen
habe, dass sie seine Lieblingsfigur gewesen, und dass
Cérès Duvernay ihm 'von Anfang an vorgeschwebt
haben dürfte', ist in allen ihren Teilen durchaus ab-
zuweisen. Dass der dramatische Bearbeiter die ge-
schlossene Fabel des zweiten Teiles dem zwiespältigen
Ganzen oder gar dem rein epischen ersten Teile vor-
zieht, bedarf überhaupt keiner Erklärung; die Andolosiafabel, die doch wohl den Grundstock der ganzen
Erzählung bildet, ist in der That ein selbständiges ab-
gerundetes Ganze, wie die verwandten Volkserzählungen

---

¹) A. v. Sternberg, Fortunat, ein Feenmärchen (1838. 2 Bde.)
musste unberücksichtigt bleiben.
²) Es ist kein Vers aus dem ersten Teil vorhanden, dagegen
wird Wichtiges aus demselben erzählungsweise in die exponierenden
Scenen eingeflochten, und Chamisso selbst nennt die Scenen bis zur
Abfahrt eine Art Vorspiel — Beweis genug für den, der etwa aus
dem Briefe vom 28. September 1806 herauslesen möchte, dass der
Dichter auch den ersten Teil in den Kreis seiner Dichtung zu ziehen
beabsichtigte.
³) Chamissos Werke, herausgegeben von Dr. O. F. Walzel
(Kürschners National-Litteratur).

und -märchen zur Genüge beweisen. [1]) Und gerade
Agrippina ist sicherlich viel weniger Chamissos Lieblingsfigur als die Quelle seiner Leiden gewesen.
'Agrippina hat mir am meisten Kummer gemacht',
schreibt er gegen Ende der Arbeit, und drei Monate
nach dem Abbruch derselben (Walzel sagt unrichtig „als
der Plan beinahe schon aufgegeben war") sehen wir ihn nach
Zügen aus dem Leben für seine Agrippina spähen.
Der Grund liegt auf der Hand: der Dichter sah hier
die Grenze seiner Kraft. Eine solche Prinzessin Urraca[2])
aus der Erzählung zu dramatischer Sinnlichkeit zu be-
leben, ist eine ganz andere Aufgabe, als die Rolle des
Helden mit schönen Rednerblumen zu umkränzen. Und
von Cérès sollen gar die Farben zum Bilde genommen
sein, von Cérès, mit der seine Korrespondenz eben 'die
höchste Wichtigkeit' für ihn bekam (Brief vom 7. September)! Gerade als er an den Fortunat ging, muss
ja jener wunderliche Brief von Cérès angelangt sein,
der ihn veranlasste, ihr seinen treuherzigen Heirats-
antrag zuzuschicken. 'Tu connais la simplicité de mes
goûts, la fortune ne saurait me tenter, une chaumière,
une bibliotèque et un tendre ami peuvent seuls faire
[mon] bonheur', schreibt Cérès am 16. August, und,
während er am Fortunat dichtet, erwidert Chamisso
'trouvons la chaumière et je t'offre le tendre ami.'[3])
Und sie sollte ihm als Agrippina vorgeschwebt haben!

Freitag den 22. August 1806 begann Chamisso
frischweg den ersten Dialog zu dichten, ohne noch mit
sich im klaren zu sein, wie sich das ganze Stück auf-
bauen solle. 'Bis zum Grundstein habe ich aber noch
nicht gebauet, — o wäre ich soweit nur. Wenn der

---

[1]) Gesta Romanorum Nr. 120; Grimm, Märchen Nr. 122, vgl.
3, 201 ff.; Schambach und Müller, Niedersächsische Sagen S. 310.

[2]) Chamisso kam eben von der Lektüre von Musäus' Märchen
und grade Rolands Knappen tauchen noch im Schlemihl gelegent-
lich auf.

[3]) Briefe von Chamisso u. s. w. Aus dem Nachlasse Varnhagens
1, 155 ff.

da ist, so träget er bald das Gebäude', schreibt er am
folgenden Tage den Freunden. Innerhalb vierzehn
Tagen war das Werk auf 7—800 Verse, am 22. September bis zu 1111, am 22. Oktober bis zu 1758 Versen
vorgerückt. Ein gleichzeitiges Notizenblatt Chamissos
setzt uns in den Stand, den äusseren Verlauf der Arbeit
genauer zu begleiten, denn er arbeitete 'nicht von Anfang an, wie im Feld, sondern hie und da, wie im
Garten, wie es ihn das Herz lehrte'. Die Scenen ent-
standen in der Reihenfolge: I, II, XI, XIII, XIV,
XVI, XVII 1—105, IV, XII, IX, XV, VII, III,
VIII, V, X, VI, XVIII, XVII 105—111, XIX, XX,
XXI. (Im Manuskript sind die Scenen nicht beziffert.)
Von der inneren Entwicklung des Fortunat ist jedoch nur wenig bekannt. Das Ziel war hoch genug
gestellt. In den Juligesprächen hatte Chamisso mit
Fouqué die Theorie einer neuen Dichtung besprochen,
„die eines Drama, des höchsten vielleicht, wo die für
sich höchst tragischen Figuren das höchste Komische
gebären, und wiederum die für sich höchst komischen
das grässlichste Tragische. Shakespeare und die deutschen Puppen zeigten uns oft Strahlen unsres Ideals."
Man erkennt die Verbindungsfäden zu Fr. Schlegels
und Novalis' Ideen über Ironie und zu Tiecks dichte-
rischer Praxis. Ein solches Drama nun sollte der
Fortunat werden — und hier ist wohl auch der Hebel
anzusetzen, wenn man, wie Walzel, die Frage aufzu-
werfen wagt, was den Dichter zu diesem Stoffe gezogen
habe: Aeusserlich schon, noch weit mehr aber innerlich,
enthält die Andolosiafabel in der schlichten Darstellung
des Volksbuches Humor und Tragik in inniger Durch-
dringung; all diese fürs Laienauge überkalkten Farben
konnten laut genug den Künstler um ihre Befreiung
ans Tageslicht anrufen. Aber der Mut stand dem
Dichter nicht hoch. Nach den ersten 7—800 Versen
schreibt er den Freunden: 'Was ihr erhaltet, wird doch
noch fernerer Umänderung sehr unterworfen sein. Ich

will alle Kräfte aufbieten, zu denen meine Freunde
mehr Zutrauen haben als ich — werde glauben, sehr
früh fertig worden zu sein, wenn der Winter ihn sich
ründen sieht. Ich will, sag' ich, alle Kräfte aufbieten,
er soll allen ein Probirstein werden, der in mir zu er-
nährenden Hoffnungen des Dichterberufs. Fällt die
Probe, was ich ahnden kann, sehr demütigend aus, so
gräme ich mich darum nicht zu todt; muss ich auf
den köstlichen Besitz der schöpferischen Kraft Ver-
zicht thun, bleibt mir doch, die nichts mir rauben
kann, die empfangende, und also nenne ich mich fort-
an noch einen Dichter. Lust und Schmerz der Bemühungen selbst haben sich selber reich belohnt . . . ein
dickes Buch wird es wahrlich oder nichts'. Drei
Wochen später (28. September) begleitete er die erste
Fortunatsendung mit einigen Worten, die ausser den
Andeutungen über den neugeformten Plan des Werkes
(s. unten) auch von der Arbeit selbst berichten: 'An-
haltend, angestrengt, aber langsam, langsam schreibe
ich nieder. Die Verse und den Reim bekämpf' ich mit
unendlicher Mühsamkeit . . . ich habe für mehr als ein
Jahr ruhiger Arbeit daran'. Er hatte es sich freilich,
dem Oktavian auch in der Form nacheifernd, nicht
leicht gemacht,[1] ausser den Blankversen, vierfüssigen
Trochäen, Alexandrinern,[2] Trimetern, Anapästen, und der
Prosa sind da Terzinen, Assonanzen, zwei Sonette, ein-
undzwanzig Stanzen, acht Dezimen und vier Gedichte in
lyrischen, teils sehr künstlichen Strophen. Seines Er-
folges war er aber trotzdem noch ebenso unsicher als

---

[1] Es sei gestattet hier ein hübsches Wort des jugendlichen
Hebbel über Chamisso auszugraben: 'Er war ein sanfter, liebens-
würdiger Mann, aber er erzählte am liebsten grauenhafte Geschichten.
Ihm ging nichts über Behäbigkeit, dessungeachtet schrieb er seine
besten Sachen in den kunstgerechtesten Terzinen'. (Sämmtliche Werke,
1891. 12, 49.)

[2] In Alexandrinern redet der König, auf dieses Versmass bezieht
sich daher der witzige Meinungswechsel zwischen den fremden Rittern
und dem Franzosen V 49—53.

vorher. 'Es rede für sich selber; ist es stumm, so muss
es auch gewiss taub geboren sein, und alles Bemühen,
hineinreden zu wollen, lohnte schlecht', und er wiederholt in den folgenden Briefen die Bitte um strenge Be-
urteilung, 'ich bin über das, was ich geschrieben habe,
so blind, als stünde es japanisch vor mir aufgezeichnet,
und ich müsste es beurteilen'. Die Antwort der Freunde
blieb aus. Anfangs Oktober heilte 'trotz aller Bemühungen der Aerzte' das kranke Bein, und so hatten
die 'schönen Tage der Einfüssigkeit' ein Ende; doch
rollten die Verse noch einige Zeit weiter. Vom 22. Oktober ist der letzte Eintrag auf dem erwähnten Notiz-
blatt, nur etwa zehn Verse sind noch nach diesem Tag
geschrieben, dann stockt die Arbeit infolge von äusseren
Hindernissen. Die Ruhr sucht ihn heim und, schlimmer
als das, er bekam einen lästigen Gast in sein Quartier.
Seinem Bruder Hipolyte berichtet er am 28. Oktober:

'... Voilà mon bulletin, mon bon ami, tout ce que
je pourrais y ajouter n'est rien de plus gai. Je ne
suis plus maître de mon pauvre petit bouge; un pauvre
diable, „que la gloire endurcie, qui se forme en caillou
au fond de la vessie," travaille d'une manière qui n'est
pas indifférente, est aujourd'hui maître de ma case, où
je ne suis presque plus que souffert — et cela est fort
désagréable. D'après tout cela, mon cher, tu jugeras
que ma bonne amie (je veux dire ma muse) ne trouve
plus l'heure de venir charmer mon obscure retraite; je
soupire et j'attends de plus beaux jours. 1700 vers, et
plus, sont la pierre d'attente de l'édifice que je veux
élever, et je nourris bon espoir, à tort peut-être; car
même cette consolation ne m'a pas été donnée jusqu'à
ce jour d'entendre la voix de mes maîtres et amis et
de recueillir leurs jugements sur les essais que je leur
ai envoyés...' (Aus einem ungedruckten Briefe).

Anfang November wurde die Lage der Besatzung
ernster, die Franzosen rückten heran. 'Unsere Frohn-
dienste sind drückender geworden, und nur in späten

Stunden der Nacht, die ich dem Schlafe abborge, kann ich zu meiner Feder kommen', 'Hunde-Arbeit muss ich zollen, und darf fast nur für die Zeit des Schlafes heimkommen — μαψ, ἀτὰρ οὐ κατὰ κόσμον'. Am 21. November fiel Hameln. Unterdessen hatte der Sturm auch die Freunde ergriffen, die Universität Halle war aufgehoben worden, sie stoben fliehend auseinander. Chamisso eilte, sowie er seinen Pass hatte, direkt nach Frankreich; durch seinen Diener Bendel liess er aber, was seit der ersten Sendung am Fortunat gearbeitet war, an Varnhagen besorgen. 'Da ich nun ganz vereinzelt bin', schreibt er diesem noch auf der Reise (3. Dezember), 'ist es mir wichtig, ein gründliches Wort darüber zu vernehmen; ich werde vielleicht dort auf dem Lande Zeiten haben, da ich daran wacker arbeiten können werde.' Ob Varnhagen diese Sendung erhalten hat, ist nicht bekannt, kein einziges, den Fortunat betreffendes Zeugnis von ihm ist aufzufinden. Es sieht aus, als hätten Unterdrückungen stattgefunden. Im Januar 1807 erwähnt Chamisso einen 'herrlichen, viele Bogen dicken Brief Varnhagens', im März mehrere; diese müssen doch auch auf den Fortunat eingegangen sein, und Chamisso wird doch auch wohl repliciert haben. Dazu kommt, dass in Varnhagens Denkwürdigkeiten, von welchen Varnhagen (laut eines mir voliegenden Briefes vom 26. September 1836) die Chamisso betreffenden Partieen diesem erst vorlegte, an dieser Stelle eine offenbare Lücke zeigen.[1])

Noch eine Zeitlang wird der Vollendung des Fortunat als einer natürlichen Sache erwähnt, die sich nur durch äussere Hindernisse verzögert, so in dem Briefe an de la Foye vom 16. Januar 1807, 'Ich habe ein angefangenes Gedicht zu lesen und bei dir zu vollenden, denn früher komme ich nicht wieder dazu. Keine

---

. [1]) Nach S. 414 (der 2. Auflage) musste Chamissos Thätigkeit in Hameln und der Fall der Stadt, wenigstens aber Chamissos Abreise nach Frankreich erwähnt werden, denn S. 452 wird dieser, den der Leser noch in Hameln wähnt, aus Frankreich zurückerwartet.

metrische Zeile seit dorten', oder, wie schon erinnert, am 27. Januar bei Erwähnung einer Kokette,[1]) die er kennen gelernt hatte: 'Halten wirst du mich mindestens nicht, aber mir geben Dein Bild für meine Agrippina.' Bei seiner Anwesenheit in Paris, Dezember 1806, hatte er Koreff in die Dichtung eingeweiht, dieser schreibt ihm nach Vertus unter anderm: ‚Ich war letzthin bei Frau von Staël und habe mit A. W. Schlegel sehr viel von Dir und Deinem Fortunat gesprochen — er hat vortreffliche Bemerkungen darüber gemacht, die ich Dir entweder mündlich oder schriftlich mitzuteilen gedenke, je nachdem Du mir über Deine Ankunft Nachricht geben wirst. Ich habe auch sehr viel darüber nachgedacht, und guter Rath ist hier also nicht theuer. Schlegel lässt dich freundlich grüssen und höchlich Dich und Dein schönes Talent ermuntern. Er hofft, durch mich bald von Dir etwas zu sehen . . .' (Ungedruckt).

Doch er kam in Frankreich nicht zur Ruhe, und die schmerzliche Enttäuschung, die das Zusammenleben mit den Freunden in Deutschland (1808) brachte, hielt alle dichterische Stimmung fern, 'Ich und die Feder sind ganz entfremdet und zur Zeit mehr als je . . . ich weiss nichts zu schreiben, als dass ich nichts zu schreiben weiss, und in diesem albernen Kreise drehen sich auch die wenigen kümmerlichen Briefe, die ich schreibe' (an Rosa Maria 1808), 'Mein armer Fortunat liegt da versiegelt auf meinem Tische, dem Eigenthum gleich eines Verstorbenen; und ich blicke zu ihm mit Wehmuth' (an Fouqué Oktober 1808).

So blieb das Werk liegen, unvollendet — aber auch unvergessen; unvergessen vom Dichter und vor

---

[1]) Woher weiss wohl Walzel, S. XXXV, dass die 'junge, eben nicht schöne' Kokette Namens Pauline, die in Vertus 'ihr Wesen trieb' und Chamisso 'bei erster Sicht ihrer Bemühung würdigte', identisch ist mit dem reichen, 'jungen, lieblichen Mädchen', welches Eltern und Geschwister für ihn bestimmt hatten und das er in einem Briefe aus Troyes erwähnt?

allem unvergessen von einigen Freunden, die es kennen
gelernt. Für ersteres zeugt, dass Uhland, als er im
Frühling 1810 Chamisso in Paris kennen lernte, den
Fortunat zu lesen bekam; für letzteres, dass eben dieser
Uhland infolge dieser Lektüre Chamisso für einen
Dichter hielt, der dem Musenalmanache seines Freundes
Kerner besondre Ehre mache. 'Wie sehr würde es
mich freuen, wenn ich ihn [Kerner] durch Beiträge
von Ihnen überraschen könnte, was Sie gerade haben,
etwa Einiges aus Ihrem trefflichen Fortunat, denn aus
dem Eindrucke, der mir geblieben, weiss ich, dass
schon die Fragmente dieses Gedichtes sich lebendig genug
aussprechen' (Uhland an Chamisso, 23. Dezember 1810).
Und noch ein Andrer, den Chamisso den Paten seines
Fortunat genannt (28. September 1806), Fouqué, der das
Manuskript, d. h. vermutlich die Abschrift während Chamissos ersten Aufenthaltes in Frankreich in Verwahrung
hatte (vgl. Chamissos Brief, November 1807), behielt das so
frisch begonnene Werk lieb und schüttelte den Kopf, als er
sah, wie Chamisso seinen Andolosia liegen liess, um sich
bei Frau von Staël mit der Rolle eines Uebersetzers
und zweiten Liebhabers zu begnügen oder um sich in
der Uebersetzung französischer Tageslustspiele zu gefallen. Er schreibt ihm am 23. Januar 1809: 'Indem ich
gestern Abend die Feder niederlegte, und mich der
Nachklang des Dichtens lieblich durchbebte, und die
Gestalten der künftigen Composizion vor mir auf und
niederwogten, ergriff es mich plötzlich, wie es möglich
sei, dass Du nun schon seit so langer Zeit nichts gedichtet habest, Du, der die Fülle dieser stillen Seelig-
keit aus Erfahrung kennst. Ich bitte Dich herzlich,
mein lieber Bruder, stimme die Leier wieder, und singe
das wackre, kräftige Lied von Fortunatus weiter. Zwar
wird er Dir nun wohl ein ernstes Gesicht machen,
nach der langen Entfernung, aber ruf nur Deine ganze
innre Liebe auf und Du wirst ihn Dir schon wieder
zum heitern Gefährten gewinnen' (ungedruckt), und am

25. April 1812: '... Lass Du — so muss ich das Resultat meiner Kritik [über Konaxa vgl. Chamissos Werke⁵ 5, 353] aussprechen — lass Du dem Theater Odéon seine Lustspiele, und dichte aus Deiner treuen, tiefen Brust etwas Eignes heraus, etwas wie die Scenen zwischen Ampedo und Andolosia im Fortunat und ihres Gleichen dorten, und belohne so meine deutsche Muttersprache für die Freudigkeit, mit der sie sich Deinem oft kühnen Wollen fügt' (ungedruckt).

Von einer Vollendung des Werkes selbst spricht jedoch sogar Fouqué nun nicht mehr — und in der That war dafür die Zeit vorbei; entdeckte doch einige Wochen nach diesem Briefe Chamisso endlich sein Berufsfach in der Botanik. Vier Monate später war er Berliner Student, Studierender mit Leib und Seele: 'Vergessen habe ich schon, dass ich je ein Sonett geschrieben, Gott verzeihe mir meine Sünden'; und er fühlte sich ganz an seinem Platz: 'Die Freunde selbst haben mir nie einreden können, dass ich zum Dichter geboren'. Das folgende Jahr, 1813, riss ihn freilich wieder aus dem wissenschaftlichen Geleise, aber die dichterische That, die ihn diesmal aus der Seelennot befreite, kann zugleich als der Schluss der Fortunatakten gelten: Nach dem Schlemihl mit Fortunats Glücksseckel war ein Fortunat nicht mehr möglich. Der Auflösungsprozess begann, 1815 wurde der Wechselgesang, 1818 die Katzennatur in einem Almanach veröffentlicht.') Dazwischen war zum Ueberfluss Tiecks Fortunat erschienen (1816), der allerdings nicht nur die Vollendung, sondern selbst die Veröffentlichung des Fragments unmöglich machte und wohl auch ein Grund war, dass Chamisso das Kind seiner Jugend mit so unerbittlichem Schweigen be-

---

') Es ist freilich nicht bekannt, ob Chamisso diese Publikationen selbst veranlasst hat, seine Freunde scheinen freie Hand gehabt zu haben; schon im Dezember 1810 schreibt er: 'Mir fällt ein, dass ich erfahren habe, ein Pack Lieder aus dem Fortunatus von mir seien für das Vaterländische Magazin bestimmt worden.'

deckte. Das saubre, eigenhändige Manuskript hat er
aber treulich unter seinen Papieren bewahrt. Der Güte
seines jüngsten Sohnes, meines unvergesslichen Freundes
Hermann von Chamisso, sowie der Liberalität des
jetzigen Hüters des Nachlasses ist diese erste Publikation zu danken.

II. Analyse des Werkes.

I. Chamissos Stück hebt an mit dem Gespräche
zwischen Fortunats Söhnen A m p e d o und A n d o l o s i a,
welches zur Teilung der beiden ererbten Schätze führt
(in der Simrockschen Ausgabe des Volksbuches S. 152).
Bald wörtlich der Vorlage folgend (so 11, 80 f., ja
sogar 42), bald weiterausführend, arbeitet der in Blankversen geschriebene Dialog die beiden entgegengesetzten
Charaktere möglichst heraus. Diesem Zwecke wird
geschickt ein Teil der Vorfabel nutzbar gemacht, indem jeder der Brüder Erlebnisse des Vaters zur Be-
gründung seiner Lebensansicht anführt. Was der
Dichter so aus den früheren Teilen des Volksbuches
einflicht, die Erwerbung des Seckels, die Wahl zwischen
Reichtum und Weisheit, die bestandenen Gefahren, wird
jedoch nur obenhin angedeutet.

II. Mit dem Hinzutreten des P r o b s t e s erhält das
Gespräch eine frei erfundene Fortsetzung, welche augen-
scheinlich die Exposition durch Realien aus dem Volksbuche kräftigen soll. Der Probst selbst ist aus den
Angaben des Volksbuches geschöpft, wonach Fortunat nach seiner ersten Rückkehr unter anderm eine
Probstei stiftete (Simrock S. 118), Vers 11 M e d u s a ist
aus dem Ende des Volksbuches (Simrock S. 200) her-
übergenommen, Vers 47 L o r g a n u b Zum Regenbogen

---

[1]) 'Ich werde gehn in fremde Land' etc. Diese aus einem Briefe
Chamissos bekannte, und in Kochs Ausgabe unter die Fortunatfrag-
mente aufgenommene Stelle hat Walzel hauptsächlich zu der Annahme
verleitet, das 'Vorspiel' behandle Fortunats Abenteuer. Unvorsichtig
genug wendet er sich dabei gegen Palm, dem doch das Stück vorlag.

aus der Erzählung von Fortunats Heirat (Simrock S. 129 [1]).
Ueber die bürgerlichen und wirtschaftlichen Verhältnisse
der Brüder, ihren Charakter und ihr Ansehen giebt
diese Scene weitere Andeutungen, in die Handlung selbst
greift sie nicht ein; nicht als selbständige Scene, nur
als Fortsetzung der ersten ist sie aufzufassen: der un-
gestüme Drang nach Bethätigung und Bewegung, der
in der ersten die Hindernisse überwunden, geniesst sich
hier im Vorgefühl des Glücks. Dieser Steigerung des
Gefühls entsprechen die Stanzen, die Vers 10—17 und
Vers 48 bis zum Ende den Blankvers durchbrechen.

III. Andolosias Urlaub vom Cyprischen
Hof, eine erst später im Lauf der Arbeit eingeschobene
und unvollendet gebliebene Scene, durch welche der
Hof, der im Volksbuch von Fortunats Heirat her bekannt ist, eingeführt wird. In den Mund des Königs
ist ein weiteres Stück Vorfabel, Fortunats Heirat mit
Cassandra, gelegt; im Gespräche treten Andolosias adlige
Gesinnung, sowie seine allgemeine Beliebtheit hervor.
Ferner sind zwei Personen hier exponiert, deren beabsichtigte Funktionen im Stücke nicht mit Sicherheit
angegeben werden können: Der Prinz, der im Volksbuch erst bei der geplanten Heirat mit Agrippina als
24jähriger (Simrock S. 194 ff. 198) genannt wird, zeigt
sich jetzt schon, 13jährig,[2] als liebender Bewunderer
des 21jährigen Andolosia, und Graf Lymosi[3],) im

---

[1] Zacher bei Ersch und Gruber liest Larchonube; Simrock:
Larconube; ein Reutlinger Druck aus dem Anfang des XIX. Jahrhunderts, der sonst Chamissos Vorlage am nächsten steht, S. 83: Lor-
gann; eine holländische Version, Utrecht 1799: Larganube; die französische: Achanube; die englischen mussten unberücksichtigt bleiben
(über sie vgl. Herford, Studies in the literary relations of England
and Germany 1886. Apendix III).

[2] Auf dem S. XI erwähnten Notizenblatt hat Chamisso eine ge-
naue Zusammenstellung der Altersverhältnisse aller im Volksbuch auf-
tretenden Personen gemacht und daneben mehrfache Aenderungen
für seinen Zweck vorgenommen.

[3] So auch im Reutlinger Druck und in den holländischen und
französischen Uebersetzungen; Simrock: Limisso.

Volksbuch einer der Mörder Andolosias, aber erst vor
der Katastrophe selbst erwähnt (Simrock S. 201), erhält hier in der Bevorzugung Andolosias und in dem
spöttischen Wort des Prinzen einen Grund zu Neid und
Hass gegen den Helden.

IV. Abfahrt. Den eigentlichen Abschied 'Gut
Abenteuer geb euch Gott, Herr Ritter' (Vers 29) umspielt
ein Wechselgesang von sieben vierzeiligen Strophen
(4füssige Trochäen Reim a˘ b a˘ b), in welchem das Leben
und die Gefahren der sich Hinauswagenden denen der
Zurückbleibenden gegenübergestellt werden. Man bemerkt, dass in der fünften Strophe τὸ τοῦ πόλου ἄστρον als
Hort der Wandrer aus dem Leben des Dichters in die
Dichtung hinübertritt. An diese Strophen schliesst sich
eine Art Epodos, eine zwölfzeilige Doppelassonanz
(ei-e : ar), in welcher das Grundmotiv alles irdischen
Strebens echt romantisch angeschlagen wird.[1]) Hesekiel
(Hempel 1, 448) hat das Gedicht dunkel genannt, doch
das kann höchstens noch für einen einzelnen sprach-
lichen Ausdruck zugegeben werden, wenn man den Zusammenhang (I 121, IX 22 u. ö.) in Betracht zieht, zu-
mal wenn man dabei über den Fortunat hinausschaut.
So zieht auch der Held des verworfenen Märchens vom
Juli 1806 planlos in die Welt, angezogen von dem ihm

---

[1]) 'Der Schatz' überschrieb Chamisso die Verse, als er sie 1835
in die dritte Auflage seiner Gedichte aufnahm; zwanzig Jahre früher,
bei der ersten Veröffentlichung des ganzen Wechselgesangs (Jahr-
buch deutscher Gedichte von Löst etc. 1815), waren sie 'Nach der
Abfahrt' betitelt; Palm änderte in seiner 'Nachlese zu den Ge-
dichten' (Werke⁶, Bd. 2. 1864) diese Ueberschrift in 'Auf hoher See'
und ihm folgten die späteren Herausgeber. — Auch eine wichtigere
Willkürlichkeit geht auf Palm zurück: dieser teilt a. a. O. zuerst die
zwölf Verse in drei Strophen ein, und so liest man in den neueren
Ausgaben mit stets zunehmender Bestimmtheit von den 'drei letzten
Strophen' des Wechselgesangs, welche Chamisso in dem 'Schatz' 'zu-
sammengefasst' habe (Hesekiel, Koch, Walzel). Weder Chamissos
eigene Redaktion 1835, noch die von 1815, noch das Manuskript selbst
rechtfertigen diese Teilung, und die durchgehende Assonanz wider-
strebt derselben durchaus.

noch unbekannten Ziele; seine Amme hatte ihm 'von Jugend auf vielverschlungene, reiche, wunderliche Märchen erzählt, darin verschleierte Gestalten sich um einen unzugänglichen Punkt kreisförmig taktmässig zu bewegen schienen.'

Mit dieser frei erfundenen Scene endet, wie Chamisso sich selbst ausdrückt, 'eine Art Vorspiel, und (wie im Volksbuche) zehn Jahre älter') treten die Figuren wieder auf und das Spiel spielt fort' (Brief vom 28. September 1806). Und zwar setzt es, wie alle früheren und späteren Bearbeitungen, sogleich in London ein, da Andolosias Aufenthalt bei den Königen von Frankreich (die Buhlereinovella stand vermutlich nicht einmal in Chamissos Vorlage) Arragonien, Kastilien, Portugal, Hispanien, sowie sein Anteil am Schottenkriege der Darstellung keinen Stoff boten. 'Da fing er an zu stechen der Königin und ihrer Tochter zu Lieb und Ehren', sagt das Volksbuch, und an das Ende eines solchen Turnieres führt die nächste Scene.

V. Einleitungsscene. Andolosias Waffenglück stellt sich im Gespräch zweier Ritter dar, in welchen zugleich die Welt der ritterlichen Gäste angedeutet wird. Theodor, der zweite Feind und eigentliche Mörder Andolosias, wird fast ebenso wie früher Lymosi eingeführt als Besiegter Andolosias und ohne dessen Zuthun deswegen Verhöhnter (1—35). Agrippinens Schönheit und des Königs Unbedeutendheit werden im

---

') Ganz unglücklich beruft sich Walzel bei seiner irrigen Hypothese über das Vorspiel auf die Daten des Volksbuches. Andolosias Reise sei nur auf 6 Jahre beabsichtigt gewesen und (so fügt er aus unbekannten Quellen schöpfend hinzu) „dürfte noch weit weniger lang gedauert haben". Die Abmachung war allerdings 6 Jahre, aber der leichtsinnige Andolosia blieb so lange aus als sein Geld reichte. Die von Walzel vermisste chronologische Angabe findet sich in allen Ausgaben des Volksbuches sogar doppelt: Andolosia entlässt seine Diener, die ihm 'bald zehn Jahr' gedient, und Ampedo ist bei Andolosias Rückkehr froh, nicht mehr sparen zu müssen wie er nun 'zehn Jahre' gethan.

Gespräch derselben beiden Ritter mit einem französischen Waffengenossen exponiert (36—61). Andolosia zeigt sich bescheiden in seinem Glück und erwirbt sich durch seine ritterliche Tugend und Grossmut in dem besiegten Gegner Rinaldo einen jungen Bewunderer und Bruderfreund (dieser Rinaldo ist dem Theodor ebenso gegenübergestellt wie in III. der Prinz dem Lymosi; welche Rolle diesen — frei erfundenen — Freunden im Stück bestimmt war, ist unbekannt). Sein Inneres straft jedoch sein äusseres Siegesglück Lügen, sei es, dass er nur, wegen seiner Geburt, an Agrippinens Gegenliebe verzweifelt (91 f.), sei es, dass er fühlt, dass hier sein Lebensgeschick auf ihn laure (106 ff.).

VI. Thronsal. Die Pracht des Hoffestes stellt sich in romantischem Versfeuerwerk dar. In dem konventionell gehaltenen Redeturnier treten die Einzelcharaktere nicht nur zurück, sie sind vielmehr aufgehoben, nur König und Narr (Prosa) heben sich von den andern ab, und zwar wird durch sie ein Schein von romantischer Ironie über das Ganze geworfen. Der Kanzler (Terzinen) dankt den Rittern für ihre Teilnahme an den Spielen. England sei ihnen dauernd Dank schuldig, denn nur scheinbar seien diese Feste jetzt vorbei und die Thaten der Ritter verklungen; wie alles in der Welt seien sie Samenkörner der Zeit, die am Tage der Erfüllung England Frucht tragen würden — ein Gedanke, der Chamisso in jener Zeit viel beschäftigte, z. B. auch in dem verworfenen Julimärchen — (1—40). Andolosia (Sonett, schwergereimt) weist diesen Dank zurück: Die Mannesthaten, die hier geschehen, seien nur eine der notwendigen Aeusserungen der thatbedürftigen Mannestugend; wenn in der Zukunft Gutes daraus entspriesse, so sei nicht ihnen, den unbewusst Handelnden, sondern Gott für dessen wunderbare Fügung zu danken. Sie dagegen seien England zu Dank verpflichtet, weil es ihnen diese festliche Gelegenheit zur Kraftentfaltung gegeben

habe (41—54). Im Namen der Frauen, zu deren
Ruhm gekämpft wurde, erstattet die König in (Stanze)
den Kampfeslohn: der Frauen Dank (55—62). Doch
Theodorus (Stanze) weist auch dieses zurück; nicht
um Lohn, nur zum Ruhme der Frauen hätten sie gekämpft, dagegen nähmen sie ihn gerne als köstliches
Geschenk an (63—70). Agrippina schildert als
die treibende Kraft aller Feste und ihren eigentlichen
Reiz: die Wechselwirkung der Geschlechter; und be-
zeichnet den Rittern als der Mühe Lohn: das Andenken
an diese schönen Stunden (71—102; die künstliche
Strophe ist die der Lealia in Tiecks Octavian, Ausgabe
1804, S. 395, und ist von dort entlehnt). Den ersten
Teil von Agrippinens Weise nachahmend, nehmen die
Ritter diesen Lohn an, indem sie ihr Gedenken auf
Agrippinens Schönheit beziehen, der fränkische Ritter
nur als Frauenkenner, Rinaldo resigniert, Andolosia im
Liebeskampf (103—116). Der Narr fällt höhnisch in
die Melodie ein, und der König sagt in zwei platten
Alexandrinern alles, was eigentlich zu sagen war.

VII. Agrippinens männergefährlicher Charakter
stellt sich in besondrer Scene und künstlicher Form
(Decarimen[1]) anfangs monologisch, dann dialogisch (mit
der Amme) dar. Anknüpfend an das eben Erlebte erscheint ihr das ganze Leben als ein Kampfspiel zwischen
den natürlichen Feinden Weib und Mann, der List
und der Stärke — und die Frau bleibt Siegerin
(21—40). Den unterliegenden Mann aber hat die
Natur so gut zum Spiel der Frau bestimmt als die
Fliege zu dem der Spinne (1 ff.) oder den gefangenen
Vogel zu dem des Vogelstellers (11 ff.). Der Hybris
stellt sich in der Amme die Warnerin gegenüber,
deren — jetzt verhöhnte — Worte auf den drohenden

---

[1] Chamissos erster Versuch in Dezimen ist wohl die derbe 'Antwort über Merkel' aus dem Dezember 1805, die in dem Brief vom
17. Februar 1806 erwähnt wird.

Schicksalswechsel, ja vielleicht auf den tragischen Ausgang weisen. Denn der dem Volksbuch fremde Ernst
der Amme an dieser Stelle kann seinen Grund in der
Aenderung des Planes haben, zu der sich der Dichter
erst in der zweiten Hälfte seiner Arbeit entschloss (er
teilt sie am 28. September den Freunden mit; unsre
Scene ist kurz vor dem 22. September gedichtet): Untergang aller Beteiligten.

VIII. Des Königs Neugier und der Plan
(Alexandriner, vermutlich um in den accentuierten
Reimen des Königs Täppischkeit zu malen; vgl. oben
S. XII Anm. 2 und den Schluss von VI; das Scenar fehlt,
weil die Scene sich direkt an VII anschliesst). Als Moment ist dem Volksbuch entsprechend die erste Ueber-
raschung über das beim Zimtfeuer gekochte Mahl gewählt. Während dort jedoch des Königs Neugier sich
gleich an die richtige Quelle wendet (Simrock, S. 160),
fügt Chamisso erst den königlichen Rat ein, der, wie
immer, wenn es darauf ankommt, ratlos ist — dann
erst wendet sich der König 'ungern zwar' (vgl. V 48) an
die Frauen. Das zweite Motiv des Königs, die Geld-
gier ('Es ist als schöpfte er aus einem Brunnen, und
wüsste ich einen Brunnen, daraus Geld zu schöpfen wäre,
so wollte ich selber auch schöpfen') hat Chamisso kaum
angedeutet (23).

Aus der Handschrift ist nicht ersichtlich, ob zwischen den letzten Worten von VIII und dem Anfang
von IX ein Mehreres beabsichtigt war — wenn man
nicht das in IX fehlende Scenar als entscheidend ansehen will; das im Volksbuch folgende Gespräch zwischen Königin und Agrippina könnte, ohne der Deut-
lichkeit zu schaden, wegbleiben, da Agrippina sich in
VII zu dem Liebesbetrug fähig geschildert hat; und
ebenso der Empfang Andolosias bei Hofe, weil die
Situation in IX diesen voraussetzt — der Eindruck ist
aber doch der des fragmentarischen, und es ist ja auch
bekannt, wie wenig der Dichter gerade die Agrippinen-

scenen für vollendet hielt, da er noch im folgenden Jahre
für seine Agrippina Studien am Modell zu machen begehrte. (Vgl. oben S. X und die Briefe vom 27. Januar
1807 und 28. September 1806.)

IX. Die Entlockung des Geheimnisses
(5füssige Jamben, die in sechs zum Teil dialogisch
zertrennte Stanzen ausmünden) schliesst sich im allgemeinen an das Volksbuch (Simrock, S. 161—163) an;
nur ist versucht, den einfachen Gedankengang Andolosias: 'Mein ganzer Sinn ist auf das Weib gerichtet:
Ihr seid die schönste: darum begehre ich Euer am
heftigsten: seid mir zu Willen' mit allerhand Buntem
zu verbrämen, seine Liebe hat ein romantisch-mystisches
Fundament erhalten. Zur vermessenen Liebeswerbung
aber führt ihn ein Raisonnement, das, an sich ganz
richtig, dem Dichter in der Gestaltung so wenig ge-
glückt ist (Vers 55 'fröhnen'!), dass es psychologisch
schädigt, statt zu vertiefen. Agrippina ist durchaus
farblos gehalten, der sinnliche Inhalt ihrer Liebesworte
steht in peinlichem Kontrast zu der gespreizten Form,
so dass auch sie das Volksbuch mit seinem 'o du allerliebster Andolosia' lebenswahrer andeutet.

Das nun folgende Gespräch zwischen Agrippina und
ihrer Mutter, die Herbeischaffung des falschen Seckels,
die Unterweisung der Amme (Simrock S. 163 f.) sind
übergangen.

X. Katzennatur. Das bekannte Lied ist zwischen
dem 22. und 28. September, während der Ausarbeitung
der Anfangsscenen am Londoner Hof (V, VI), gedichtet.[1]
Es sieht an dieser Stelle aus wie eine Allegorie auf
Agrippinas Verrat, der so, statt dramatisiert, lyrisch
bedeckt wäre. Aber Chamissos briefliche Aeusserung,

---

[1] Zuerst veröffentlicht (durch Freunde?) in Försters Sänger-
fahrt 1818 unter dem Titel 'Volks- und Wiegenlied'; die Ueberschrift
'Katzennatur' gab ihm Chamisso, als er es 1827 der ersten Sammlung
seiner Gedichte einverleibte (Schlemihl, zweite Auflage, S. 149). Es war
neben 'Nacht und Winter' das einzige Gedicht der $\tau. \tau. \pi. \ddot{a}.$ Zeit das,
er in dieselbe aufnahm.

dass mit diesem Liede Agrippina Andolosia am schick-
saligen Tage selber in die verderbliche Ruhe ein-
wiege (28. September 1806), beweist, dass es seine
Stelle in einer grösseren Scene finden sollte. Die (mindestens eine Woche früher gedichtete) Scene IX mag
ihn haben zaudern lassen, sich augenblicklich schon
weiter zu wagen in der Darstellung des Kampfes von
sinnlichem Ungestüm mit der kalten List; sicher fühlte
er den Mangel an Erfahrung (s. oben), vielleicht auch
den des Gesichtspunktes, der ein poetisches Bild dieser
Scenen möglich macht; denn das Volksbuch berichtet,
dass sie 'gar zärtlich mit einander redeten' und Agrippina
'ihm der zärtlichen Tränke einen nach dem andern
brachte'. (Trefflich bei Decker III, 2: 'And whilst
my fingers wantoned with his hair'.)

Die Anregung zu diesem Gedichte gab vermutlich
La Fontaines 'Le cochet, le chat et le souriceau.' Hier
ist der Edelmausjüngling, welcher von der Schönheit
einer Katze eingenommen ist, gegeben. Diese Vermutung wird noch gestützt durch die französische Uebersetzung, welche sich von Chamissos Hand unter dessen
Papieren befindet (s. Anhang). Dass die französische
Fassung nämlich Uebersetzung und nicht Original ist,
ist schon aus diplomatischen Gründen (Korrekturen)
wahrscheinlich. Chamisso wird sie etwa für Hipolyte,
der des Deutschen kaum mehr mächtig war, und den
der Bruder an all seinen Bemühungen teilnehmen liess,
oder auch während seiner Beschäftigung mit den französischen Volksliedern (1807), infolge der inneren Ver-
wandtschaft, gefertigt haben. In dieser Uebersetzung
nun sind dem Dichter mehrere Wörter der Fabel,
welche er wohl auswendig kannte, wieder in die Feder
gelaufen, so souriceau, minois, œil luisant. An La Fontaines 'La chatte métamorphosée en femme' sei eben-
falls erinnert, diese findet der Mann 'mignonne et belle
et délicate.'

Auch die folgende Scene, in welcher die könig-

liche Familie über den geraubten Seckel Beschluss fasst,
(Simrock, S. 164 f.), ist offen geblieben.

XI. Andolosia, erwachend, und Amme
gleich nach der Anfangsscene (I, II) gedichtet und
daher noch ohne tragischen Schatten; eine ganz andre
Amme als in VII! Dieser Dueña steht der vierfüssige
Trochäus gut an, und die ewige ö-e Assonanz malt den
unerschütterlich ironischen Biederton der schalkischen
Alten, mit dem die Prosaausbrüche Andolosias trefflich
kontrastieren. Der Inhalt des Gesprächs entspricht
dem Volksbuche ziemlich genau, nur dass dort das
Komische ausschliesslich in der Situation, nicht in den
Worten liegt; bei Chamisso dagegen das Lächerliche
der Lage in allen Einzelheiten und mit kaum ver-
decktem Hohn von der Alten selbst an den Tag ge-
zupft wird. Kaum ein Wort im Volksbuch, aus dem
der Dichter nicht neue Spitzen schmiedet, vgl. z. B. 8 ff.,
23, 26, 46 mit der Vorlage. Von den unterbrechenden
Verwünschungen Andolosias ist die erste wörtlich dem
Volksbuche entnommen. Auf diese übermütige Scene,
welche die entsprechende bei Tieck nicht bloss an Um-
fang übertrifft (gewiss nicht auf die Katzennatur,[1]) die
damals noch nicht gedichtet war), bezieht sich vielleicht
'der Eindruck des Gewaltigsten Komischen', von welchem Chamisso am 7. September 1806 den Freunden
berichtet.

XII. Andolosias Wohnung.[2]) 1—14: Andolosia und Lupoldus (in der Handschrift korrigiert aus
'Leopoldus', erfunden in Anlehnung an den treuen Leo-
pold im ersten Teil des Fortunat). Die Entdeckung
des Raubes geschieht wie im Volksbuch infolge der

---

[1]) Wie Koch in seiner Ausgabe 1, 855 anzunehmen scheint;
Walzel bekräftigt, ohne das Stück zu kennen, diese Annahme in der
seinen S. 79, und setzt sie weiter ausgeschmückt als Faktum in die
Einleitung S. XXXI!

[2]) Vers 11 f. zitiert Chamisso in dem Briefe vom 12. März 1807.
Es sind die Anführungszeichen in die Ausgaben einzutragen.

Selbsteinladung des Königs, deren alberne Motivierung aber weggelassen ist. Die zehn Pfennige, die Andolosia — entgegen dem Volksbuch — in dem falschen Seckel findet, hat Agrippina aus 'leichtsinnigem Uebermut' in denselben gelegt (Chamisso an Varnhagen, 28. September 1806 [1]).

15—54: Andolosias Monolog (Trimeter, die fünfmal in eine iambische Dipodie ausklingen). Die einzige Betrachtung Andolosias im Volksbuch, wonach das Unglück sich als Strafe für das übertretene väterliche Gebot darstellt, hat Chamisso an dieser Stelle nicht benutzt (vgl. XIV); es scheint, dass er Agrippinens Treubruch nicht durch die Schuld Andolosias habe schwächen wollen. Dieser ist entsprechend seiner romantisch-mystischen Liebesauffassung (vgl. IX) nicht nur um sein Gold und den Liebesgenuss betrogen, sondern um sein Ich und dessen Welt. Auf den Trümmern seines Glücks wendet er den Blick zurück, zu überschauen, wie es so hat kommen können, und findet einen Trost darin, dass es gerade seine Reinheit war, welche der Teuflischkeit deren, die er für einen Engel gehalten, die Waffe in die Hand gegeben; ja er überwindet den äusserlichen Verlust, indem er sich in eine rein ethische Sphäre erhebt, bis ihn der Gedanke an den mitberaubten Bruder zum Kampf um das Verlorene aufruft.

55—84: Andolosia und Diener. Der erste Schritt hierzu, der Abbruch der bisherigen Verhältnisse ist in genauem Anschlusse an das Volksbuch dargestellt. Den einzigen erwähnenswerten, gewiss bedeutungsvollen Zusatz enthält die letzte Zeile: Die treuen Diener wollen in Brügge auf die Rückkehr ihres Herrn warten. Was aber der Dichter damit beabsichtigte, steht dahin.

XIII. Palast zu Famagusta. Das kurze Ge-

---

[1] Bei Bauernfeld bietet sie ihm ein 'ärmlich Zehrgeld' und dingt, da er es nicht annimmt, einen Mörder.

spräch zwischen dem heimkehrenden Andolosia und
Ampedo vor dem Essen (29—40) ist fast wörtlich
aus dem Volksbuch genommen, ihm voran geht jedoch
ein frei erfundener Monolog Ampedos, ein Preis-
lied auf die Pfeife. Schon viel früher rechnete Chamisso die Pfeife „natürlich zum Brode" (Brief vom
15. August 1804), sie blieb ihm trotz Frau von Staël
ein Begleiter durchs Leben, wie auch seinem Schlemihl
'die Nicotina ein Surrogat für mangelndes Glück' ist.
XIV. Palast zu Famagusta. Die Brüder
unterhalten sich (1—40) über das Unglück ziemlich
mit den Worten des Volksbuches, wobei nur auffällt,
dass Ampedo, Vers 16 ff., seinen Bruder wie in der Vorlage tröstet, während der Verzweiflungsausbruch Andolosias weggelassen ist, der sowohl bei Simrock, als in den
französischen und holländischen Volksbüchern die Veranlassung dazu giebt. Vermutlich fehlte dieser aber in
Chamissos Vorlage, wie er auch in der Reutlinger Ausgabe
fehlt. Ferner bemerkt man, dass Andolosia (6 ff.) wie im
Volksbuche die Verletzung des väterlichen Gebotes als
Grund seines Unglücks angiebt, während in XII die
entsprechende Betrachtung des Volksbuches auffällig
ausser acht gelassen war. Nun sind aber diese Fama-
gustascenen XIII, XIV gleich nach I, II, XI lange
vor XII gedichtet, es ist daher möglich, dass die Ab-
weichung in XII die Folge einer Vertiefung des Planes
ist. — Um die Entwendung des Hütleins (41—52)
in derselben Scene und vor den Augen Ampedos möglich zu machen (Tieck macht zwei Scenen daraus,
Hans Sachs und die englischen Komödianten lassen
Ampedo erst hinausgehen) wird die Jagd des Volksbuches dahin abgeändert, dass der in II eingeführte
gemeinschaftliche Freund, der Probst, auf der Jagd
ist, und Andolosia vorgiebt ihn begrüssen zu wollen.
Andolosia wünscht sich gleich nach Venedig (wie bei
den englischen Komödianten), während alle Volksbücher
(auch Th. Decker) Genua nennen, und Florenz und

Venedig nur nebenher erwähnen. Einen witzigen Abschluss erfindet sich Chamisso in den Schlusszeilen, in welchen der bedächtige Ampedo sich als wahrer Raucherphilosoph zeigt.

XV. Gewölbe der Edelsteine zu Venedig, nach der flüchtigen Erzählung im Volksbuch (Simrock, S. 170). Die einleitenden Worte dienen nur dazu, die Kostbarkeit der Juwelen anschaulich zu machen. Eine heitere Abrundung erhält die Scene dadurch, dass sich der böse Handel als Erfüllung einer leichtsinnig ausgesprochenen Verwünschung (8, 39) darstellt.

Andolosias Ankunft in London, die Juwelierskomödie bis zum Zauberwort 'In eine (wilde) Wüste' (Simrock, S. 172) hat der Dichter noch offen gelassen. Aus der folgenden Scene, sowie aus dem Briefe vom 28. September 1806 erhellt, dass Andolosia sich auch noch taub stellen sollte; und aus demselben Briefe ersieht man, dass Chamissos Vorlage ihn 'Edelgesteiner' nennt, also, wie der Reutlinger Druck, zur Frankfurter Textfamilie gehört (Harms, die deutschen Fortunatusdramen, S. 23).

XVI. Ein Rasenplatz unter zwei Apfelbäumen. Dadurch dass hier schon die zauberischen Apfelbäume in die Scene gestellt werden, wird zwischen XVI, XVII und XVIII, XIX die Einheit des Ortes hergestellt, eine Veränderung, die auch Tieck vorgenommen hat. — Der Dialog hält sich bis zum Verschwinden Agrippinas an die Vorlage, an dieser Stelle setzt ein romantisches Kabinettstückchen ein: Aus dem Laube des Baumes giebt sich Andolosia, ohne das Verschwinden bemerkt zu haben, in feierlichem Sonett seinem vermeinten Opfer zu erkennen; erst nach der elften Zeile bemerkt er den Unfall; und nun muss die letzte Terzine, welche mit dem Bilde des rollenden Glücksrades die Rede triumphierend beschliessen sollte, in wieder verschobener Bedeutung von dem Souffleur ad spectatores vorgetragen werden, weil der arme Held ohnmächtig vom Baum gefallen ist.

XVII. Der Fluch, den A n d o l o s i a hierauf nach allen Seiten austeilt, sowie der Wunsch, sich und seinen Bruder zu töten (Simrock S. 173 f.), ist mit verstärkten Farben in assonierenden Trimetern wiedergegeben (1—35, Assonanz u. a.). Die an Shakespeare [1]) erinnernden Kraftausdrücke zu Beginn sind wohl im Hinblick auf die hörnerbildende Kraft der Aepfel gewählt, und man könnte versucht sein, den Kuckucksruf, welcher die ganze Scene akkompagniert, in demselben Sinne zu deuten (Kuckuck als Hahnrei, s. Deutsches Wörterbuch), aber das verworfene Märchen vom Juli 1806 beweist, dass er als d i a b o l i s c h e r H o h n ü b e r d i e E n t t ä u s c h u n g aufzufassen ist: Wie der Märchensohn vermeint die Liebe-Gänslein-Insul erreicht zu haben, „da hat sich vom Gipfel des Berges ein Vogel emporschwungen — nicht aber das liebe Gänslein, ein Kuckucksvogel ist's gewesen und hat gar höhnisch und gellend rufen, ob keiner die verlorne Mühe funden und wer sie hätte". [2]) — Es scheint mir sicher, dass dem Dichter dieser höhnende Ruf so gut gefiel, dass er ihn in die neue Dichtung übernahm. — Hieran schliesst Chamisso mit lakonischem Uebergang ('Ich will mich fassen' etc.) sofort das neue Unglück, die Hörner, während im Volksbuch eine Nacht dazwischen liegt und der Ort verändert. Ein düsterphantastisches Gedankenspiel, unbewusst schon durch die Hörner veranlasst, präludiert (36—60, Assonanz i). Darauf folgt, ohne Anlehnung an den farblosen Monolog im Volksbuch (Simrock, S. 174) der neue Ausbruch, erst Wut und Verzweiflung ausdrückend (60—75, Assonanz i), dann aber in witzige Selbstironie umbiegend (76—105, Blankverse).

---

[1]) 'Wir müssten . . . ein Wort sprechen, gewaltiger denn alle Shakespeares Schwüre und Flüche'. Brief vom 17. Februar 1806.

[2]) Auch bei Tieck höhnt an dieser Stelle der Kuckuck, allerdings neben andern Vögeln.

Als der Dichter später die sich anschliessende Ere-
mitenscene in Angriff nahm, und das Lied (XVIII),
noch nicht aber die Scene selbst (XIX) gedichtet hatte,
fügte er einige Uebergangszeilen bei (106—111):
Trefflich in dem angeschlagenen Ton der Selbstironie
verharrend, summt sich Andolosia mit dem Refrain seines
Delilaliedes in den Schlaf. Dagegen entsprechen die
jauchzenden Worte, mit denen er infolge des Eremiten-
liedes erwacht, besser dem Monologe des Volksbuches
als dem Chamissos, der eine solche Sehnsucht nach
Menschen kaum flüchtig andeutet (65) oder selbst ironisch
wendet (98 ff.); diese Zeilen sind übrigens merkwürdig
als Vorhall einiger berühmter Verse im Salas y Gomez.

XVIII. Das Klausnerlied (vier siebenzeilige
Strophen, dreifüssige Iamben mit willkürlich doppelter
Senkung, Reim a b a b), das äusserlich an einen Vers in
Andolosias Monolog anknüpft (XVII 90), soll im Kon-
trast zu Andolosias rein irdischen Lebenskämpfen den
inneren Frieden, die äussere Zufriedenheit des vom Irdischen abgewandten reinen Geistes darstellen; bemerkens-
wert sind in der fünften Strophe 'der Gottheit Sehnsuchtsaugen' und das 'Emporsaugen des Atems'. Diese
Vorstellungen weisen unverkennbar auf Novalis, der ja in
Bezug auf Adelberts Fabel bereits als künstlerische
Quelle Chamissos bekannt ist (Walzel, S. XXV f.). —
Leider nur ist das Stimmungsbild im Guss missraten. Ge-
suchte und mühsam gestellte Reimwörter, vor allem die
hier mehr als irgend sonst weggelassenen Prädikate (vgl.
21—28!) machen einen peinlichen Eindruck und zer-
stören auch für schöne Worte und Gedanken jede me-
lodische Wirkung. Chamisso muss selbst nicht hoch
von dem Liede gedacht haben, sonst hätte er, der so
häufig in Verlegenheit war, dieses selbständige Gedicht
ebenso gut einmal aus dem Pulte gegeben wie den
Wechselgesang und die Katzennatur.

XIX. Das Gespräch zwischen Andolosia
und dem Eremiten folgt genau, öfters wörtlich dem

Volksbuche; nur kleine ironische Wendungen sind bei-
gefügt, und dem armen Waldbruder ist auch noch seine
'Klause' weggenommen, er wohnt unter freiem Himmel.
— Schon die frommschlichte Erklärung der Wunder-
bäume ist in eine Stanze gegossen (die mit einem Hieb
auf allen Rationalismus beginnt), und nach Andolosias
frisch vorgetragener Bitte um die andern Aepfel, kri-
stallisiert sich das ganze Gespräch in dieser Strophen-
form. Erst antwortet in vier Strophen der Eremit:
Den schönen Gedanken der ersten (75 ff.) hat der
Dichter der Vorlage entnommen, und nur mit Gewalt-
thätigkeit ist es ihm gelungen, ihn in die Form zu
zwängen; aber in den folgenden, welche die warnende
Mahnung des Eremiten enthalten, schöpft er frei aus
der eigenen Brust hinzu: Das Ideal, das der Eremit
dem im Irdischen Befangenen hinstellt, die Freiheit, 'mitwollend ruhig, klar des Schöpfers Willen' ist der Mittel-
punkt seiner eigenen damaligen Lebensauffassung, das
ΣΥΝΘΕΛΕΙΝ aus Adelberts Fabel. Und wenn er Andolosia zum Kampfe gegen das 'Ungetüm', das 'eitle
Treiben, welches das Licht beleidigt' aufruft, lässt sich
an die allegorischen Weberinnen in demselben Märchen
erinnern, von welchen die innere Selbstmacht das Licht
giebt und die äussere Weltmacht finstern Widerstand
bietet. — In Andolosias Antwort, welche dem Text
'Diese Worte gingen Andososia gar nicht zu Herzen'
entspricht, ist der Hinweis auf ein tragisches Ende ge-
flochten: Ich lebe nur so lange ich ringe, ich fühle,
dass, wenn mir Erreichung gegönnt ist und dies 'eitle
Treiben' verblasst, ich dumpf ersterben muss. Die starke
Betonung, die diese Worte durch die folgenden Verse
erhalten, sowie die noch deutlicheren XX 100 f. erwecken
die Vermutung, dass Chamisso seinen Andolosia in der
That im Trübsinn enden zu lassen beabsichtigte.[1)]

[1)] Veranlassung zu einer solchen Idee bot das Leben: Chamisso
kannte den gemütskranken Buchhändler Sander in Berlin, den
Gatten der vielgeliebten Sophie Sander; nun hatte er denselben

Der Abschied vom Eremiten beschliesst diese Scene;
die Beschreibung des Weges nach London ist weggelassen, sie war vielleicht einer eignen Scene vorbehalten.
Der ganze zweite Londoner Aufenthalt Andolosias, mit
den beiden Verkleidungen als Apfelkrämer und als
Doktor, ist nicht ausgeführt (Simrock S. 177—187).

XX. Das Gedicht setzt wie in XVI mit der Verwandlung der Scene wieder ein. Den wilden wüsten
Wald hat dieses Mal der moderne Dichter an das
Meeresufer verlegt. Das Gespräch bewegt sich in vierfüssigen Trochäen mit u-Assonanz in den geraden Versen.
— Die lange Ansprache Andolosias an Agrippina
(Simrock, S. 188) ist mit den aus dem Zusammenhang
notwendig gewordenen Aenderungen (besonders 52 ff.
entsprechend XII 12 f. gegen das Volksbuch) wiedergegeben, mehrfach unterbrochen von kurzen Ansätzen
Agrippinas. Agrippinens schwerfällige Bitte um Vergebung (Simrock S. 188 f.) ist in einen kurzen Angstruf
verändert, über den hinweg Andolosia wieder die ganze
Bedeutung des Vertrauensbruches für sein Leben in
Worten erschöpft (entsprechend IX 15 ff.) und durch
Verachtung ihre Verzweiflung schürt (61—80); auch die
folgende Antwort Andolosias (Simrock S. 189) ist erweitert durch den erneuten Hinweis auf den für beide
tragischen Ausgang (93—104). Im Folgenden ist der
Anschluss an das Volksbuch genauer, nur dass gegen
Ende die Dialogisierung lebhafter wird.

XXI. Auch in der sich anschliessenden Verhandlung vor dem Frauenkloster folgt der Dichter dem
Volksbuche Schritt vor Schritt, er steigert aber hier
mehr als irgend sonst die naive Darstellung desselben.
Feierliche Trimeter, die durch die knorrige Diktion noch
beschwert werden, am Schluss gewaltige anapästische

---

kurz zuvor in Pyrmont aufgesucht, weil der Kranke in den 'erschrecklichsten Zustand zurückgesunken' war (Brief vom 27./28. Juli, 6. August
1806, vgl. Z. Werner an Chamisso, 14. Februar 1806, Varnhagen, Denkwürdigkeiten* 1, 428, Dorow Denkschriften und Briefe 1, 72).

Dimeter, ausmündend in einen Einmesser, bilden die
pomphafte Form für die wahrhaft pathetisch aufgefasste
Scene. Gleich der Beginn greift weit hinüber ins allgemein Menschlich-Tragische, später in der Schilderung
der das Kloster umgebenden Natur schwelgt der Dichter
im Gigantischen, von Bildern und Gedanken ist überall
die Sprache schier übersättigt, ja, in den letzten Worten
Agrippinas schieben sich die Bilder für ein und dieselbe Wahrheit in- und übereinander. Es ist freilich
auch die Hauptwahrheit des Stückes, die den Dichter
so mit sich fortriss: Die Warnung der Amme (VII 41 ff.,
61 ff.) ist Wahrheit geworden, der Uebermut ist zu
Fall gekommen, und der unerbittliche Zusammenhang
alles Irdischen, auf den der Kanzler (VI 25 ff.) leise
wies, hat sich ihr entschleiert.

Diese Anapäste sind das Letzte, was Chamisso an
seinem Fortunat dichtete, sie sind nicht mitgezählt bei
der Versberechnung, die am 22. Oktober abschloss. Das
Stück bricht hier ab; wie es weitergeführt werden
sollte, ist unbekannt. Nur das Eine berichtet der
Dichter den Freunden: Ein völliger Untergang beschliesst, Agrippina geht am Ende mit zu Grund, und
selbst das königliche Haus in Cypern. Auch Andolosias Schicksal sollte sich, so scheint es nach den Andeutungen im Stücke, anders vollziehen als im Volksbuche: Sein Leben und die Welt, in die er sich so be-
gierig gestürzt hatte, sind durch den Betrug vernichtet;
da er aber als Werkzeug der Nemesis vorerst weiter
leben muss, zeigt sich der Zusammenbruch erst, nachdem er seine wahrhaft tragische Aufgabe gelöst hat;
in Geistesumnachtung sollte sich vielleicht sein seeli-
scher Tod äussern; für den körperlichen sorgten wohl
die Feinde wie im Volksbuche.

Die unvollendete, zurückgelegte Jugendarbeit ein-
gehend zu würdigen, ist hier nicht beabsichtigt. Man
wird gerne einen neuen Blick thun in die Werkstatt

der jüngeren Romantiker,[1]), in das Dichten und Trachten des Nordsternbundes; vor allem erwünscht aber mag erscheinen, dass dieser Versuch an dem Jugendringen einer so merkwürdigen und scharfen Dichterindividualität, wie Chamisso ist, lebendiger und erfreulicher Anteil zu nehmen gestattet als die bisher bekannten Gedichte seiner 'Strebezeit' (Hempel 1, 453—494). Man wird Fouqué beistimmen, dass er hier 'Eigenes aus treuer, tiefer Brust' gedichtet hat, und dass die deutsche Sprache sich im allgemeinen 'mit Freudigkeit seinem oft kühnen Wollen' fügt (s. oben S. XVII). Gerade dieser Kampf mit der Sprache ist gewiss eine der hervorstechendsten Eigenheiten wie des Mannes überhaupt — denn er streckte erst im Tode die Waffen — so auch dieser seiner Arbeit. In Faust und Fortunat ist den Nachlebenden jener eigentümliche Reiz lebendig erhalten, den schon der Zwanzigjährige auf seine Freunde ausübte: 'Am meisten aber und sichtbarsten kämpfte er mit der Sprache, die er unter gewaltigen Anstrengungen mit einer Art von Meisterschaft und Geläufigkeit radebrechte.' (Varnhagen, Denkwürdigkeiten [2] 1, 284).

---

[1]) Es ist bedauerlich, dass die Vorarbeiten fehlen, um ohne umfassende eigene Untersuchungen den Jünger an seinen Meistern zu messen; an B. Steiners 'Ludwig Tieck und die Volksbücher' (Berlin 1893) kann man sich nicht lehnen, da er nur den kleinsten und nicht einmal wichtigsten Teil seiner Aufgabe behandelt.

Inhalt.

FORTUNATI

GLÜCKSECKEL UND WUNSCHHÜTL

EIN SPIEL

VON

ADELBERT VON CHAMISSO

I.

(Prachtvolles Zimmer im Palaste Fortunati zu Famagusta)

(Ampedo. Andolosia.)

Andolosia. Es ist seit unsers Herren Vaters Tod
Das Trauer=Jahr verstrichen, und den Zoll
Der Thränen, in der Wohnung engem Raum
Verschlossen, haben wir ihm dargebracht,
5 Wie frommen Kindern es die Pflicht gebeut.
Ihm ward die Ehre, die den Todten ziemt.
Laß Bruder nun der Trauer uns vergessen,
Des Lebens und des Ruhmes uns gedenken,
In fremde Lande ziehen, und das Glück
10 Versuchen, das ihm günstig war und hold.
Ampedo. Wer wandern will, der wandre. Mich gelüstet
Nach Ehren nicht und Ruhm; ein andres Glück,
Ein stilleres, erkohren hab ich mir.
Ich will allhie zu Famagusta bleiben.
15 In diesem wohlgegründeten Palaste
Mich ruhig freuend köstlichen Besitzes,
Und dieser Schätze, welche mit Gefahr
Im Wechselspiel des Lebens und der Welt
Erwarb der Vater unter Wohl und Weh,
20 Mein Leben enden sorgenlos und frei.
Andolosia. Es ist nicht rühmlich, so die raschen Jahre
Der markbegabten Jugend thatenlos
In trägen Schlafes Arme zu verscherzen.
Ampedo. Es ist nicht weise, diese frohen Jahre
25 Des falschen Glückes reger Fluth vertrauen,
Wenn ruhiger Genuß erfreuen kann.

Andolosia. Mir scheint Genuß nur Kampfes Ehrenpreis.
Ampedo. Nur in der Ruhe Schatten blüht er mir.
Andolosia. Es schuf mich andern Sinnes die Natur.
Ampedo. Drum greifst du mich umsonst mit Worten an. 30
Andolosia. Mich reizt die Welt, die offen vor mir liegt;
Sie zu erschauen treibet mich das Herz,
Die Kraft begehrt in fremder Kräfte Streit,
Mit Lieb' und Haß eingreifend, sich zu mischen,
Denn nur in Kampfes Mitten reift der Mann. 35
Und lasest du nicht, Bruder, jene Schrift,
Wo in des Alters Tage unser Vater,
Sein Herz erfreuend, seines Schicksals Bahn,
Was er erfuhr und lebte, aufgezeichnet,
Die, uns zur Lehre, sterbend er uns gab. 40
Ein Jüngling noch, da sprach er zu dem Ahnherrn:
Ich werde geh'n in fremde Land, es ist
Des Glückes in der Welt noch viel, ich hoffe
Zu Gott, es wird mir sein auch noch ein Theil.
Er sprach's und ging. Es trug der Strom des Lebens 45
Ihn liebend, den er starken Armes schlug,
Und als ein falscher Sturm ihn niederstieß,
Daß er des Todes nur gewärtig war,
Da hob ihn freudig hoch empor die Jungfrau
Fortuna selbst, nach der er hieß, und gab 50
Den Schatz ihm, den er treulich uns bewahrt.
Ampedo. Den zu verscherzen deines Trachtens Ziel. —
Und sahst du, Bruder, nicht aus jener Schrift,
Wie oft, in Noth und Angst auf seiner Bahn,
Das Kleinod Reichthum, das er sich erwählt, 55
Hinreißend ihn, er ausrief: hätt' ich doch
Herfür gezogen Weisheit diesem Gut.
Und mit Bedacht ich selber spreche nun:
O hätt er doch herfürgezogen Weisheit,
Und wie den Reichthum sie auf uns geerbt. — 60
Betrachte doch, auf welchen Irrweg schweift
Unsinnig dein Beginnen! Glück und Ruhm,
Du kannst in Cypern ihrer dich erfreun,

In Cypern ich des Gutes, das mich reizt.
65   Hervor in Ritterspielen leuchte du
Am Hofe unsers Königs, wie zuvor.
Mich laß des Hauses stillen Glanz genießen,
Denn dies zu schätzen ward mir der Verstand.
Andolosia. Der jedes Ungewöhnliche verlacht,
70   Extreme hasset, und die Mittelbahn
Versteckt im großen Haufen schleicht.
Ampedo.   Du nahmst
Das Wort mir aus dem Munde, anders nur
Es auszusprechen.
Andolosia.   Meine Bahn mag
Selbst die Extreme überschweifen. Drum
75   Die Kleinod laß uns theilen, und uns trennen.
Ampedo. Willst du denn brechen deines Vaters Wort,
Das auf dem Sterbebett' er uns geboten?
Besinne dich, er sprach, daß ungetheilt
Die Kleinod sollten bleiben und beisammen.
80 Andolosia. Ich kehre mich an seine Rede nicht,
Und ist er todt, so leb ich noch. — Wir theilen.
Ampedo. So nimm des Soldan's Hütlein. — Ziehe hin.
Andolosia. Das nimm, und laß Fortunens Seckel mir.
Ampedo. Wen in der weiten Welt sich zu bewegen
85   Der Sporen seines Herzens treibt, mir deucht,
Ihm müßte wohl ein Nützlicheres sein
Das Hütlein, das, auf leichten Wunsches Flügel,
Schnell durch des Raumes Gränzen trägt den Mann.
Andolosia. Ein Nützlicheres bleibet ihm das Gold.
90 Ampedo. Und nach dem Seckel auch begehrt mein Herz.
Andolosia. Der zehnfach unerschöpfliche Glücksseckel,
Den unser beider Tod nur leeren wird,
Der wird mit Recht von jeglichem begehrt,
Denn, Macht der Erde heißet doch das Gold.
95   Und ich, der Jüngste, muß dem Aeltern weichen.
Ampedo. Nicht also! — sind wir gleiche Brüder doch,
Nur gleichen Rechtes ende sich der Streit.
Andolosia. Von dem ein Dritter nicht erfahren darf.

Ampedo. Es hüte unſern Schatz Verſchwiegenheit.
Andoloſia. Wohl, Ampedo, drum horche meiner Rede. 100
　　So laß uns aus dem Seckel hundert Truhen
　　Mit Gulden füllen, die behalte du.
　　Und bleibe hie, und lebe wohl, — die wirſt
　　In deinem Leben du doch nicht erſchöpfen, —
　　Und auch des Soldans Hütlein bleibe dein,　　　105
　　Du kannſt damit dir manche Kurzweil geben.
　　Mir aber laß den Seckel, und ich will,
　　Nach Ehren ſtrebend, wandern durch die Welt.
　　Sechs oder ſieben Jahre bleib ich aus,
　　Und wann ich wiederkomme, ſoll dir dann　　　110
　　Auf eben ſolche Zeit der Seckel ſein.
　　Und alſo laß uns, nach des Wortes Sinn
　　Des Vaters, ungetheilt den Schatz benutzen.
Ampedo. Ich wills. — Doch deiner zu entbehren wird
　　Ein Schweres mir, ein Ungewohntes ſein.　　　115
　　Bleib hie! — Was zieht dich in die Ferne, ſprich?
Andoloſia. Es paßt für alle nicht Ein Glück, es iſt,
　　Wie jeder ſie erſchaut, doch ihm die Welt.
　　Denn laſen wir nicht aus denſelben Zügen
　　Der Einen Schrift den eignen Sinn ein jeder?　　120
　　Und alſo leb ich, wie es mir genügt.
　　Es zieht ein Sehnen mich, ein Ahnden hin;
　　Erfahren wird und Leben mir vielleicht
　　Befriedigung darreichen, aber Schmerz
　　Müßt ich erdulden, wenn der Zwang mich bände, 125
　　Und, wenn ich ſelbſt mich bände, untergehn.
　　Mit Reichthum ausgerüſtet, der die Schwingen
　　Dem freudgen Muth leiht, zieh ich in die Welt,
　　Vielleicht mit Weisheit zieh ich heim, im Ringen
　　Erworben, wie ſie einzig mir gefällt.　　　130
Ampedo. Vielleicht auch Armuth wird dich heimwärts
　　　　　　　　　　　　　　　　　　dringen,
　　Und Schmach, die gern der Armuth ſich geſellt.
Andoloſia. Ob fremde Mächte meine Looſe halten,
　　Mich freut es, ſelbſt mein Schickſals Buch entfalten.

II.

(Probst tritt auf.)

Probst. Gelobt sei Jesus Christ:
Ampedo.   In Ewigkeit.
Willkommen mir, Herr Probst, ihr kommt erwünscht.
Der Ritter Andolosia zieht von hinnen.
Er will nach unsers Herren Vaters Beispiel,
5   Vertrauend eigner Kraft, die Welt durchwandern.
Ihn treibt sein jugendlicher Muth; doch mich
Befällt der Trennung Schmerz, und freudenleer
Wird dieser Palast mir veröbet scheinen.
Probst. Mit euch der Segen Gottes, edler Herr.
10   Wann zieht ihr?
Andolosia.   Nach Medusa reit ich morgen,
Zu unsers Königs Hof, von meinem Herrn
Urlaub zu nehmen, und der dritte Morgen
Erblickt mein Schiff von dieser Küste fern.
Zu lange hält mich dieses Haus verborgen,
15   Ich muß versuchen meines Glückes Stern.
Es zeihen feiger Trägheit mich die Wellen,
Erst wird's mir wohl, wann sich die Segel schwellen.
Ampedo. Ich will, es soll, so lang der Bruder ausbleibt,
In unsrer Kirche für sein Wohl und Glück
20   Ein fromm Gebet erschallen. Trefft die Ordnung.
Auch den Bedürftigen in Famagusta
Will ich durch eure Hand Almosen spenden,
Daß Antheil sie an meinen Wünschen nehmen.
Ich werde in die Probstei zu euch senden
25   Goldgulden siebzigtausend, das Gefäll
Für euch und eure Chorherrn auf sechs Jahre,
So viel empfahet ihr voraus, und für die Armen
Sind noch fünftausend, so ihr mit erhaltet,
Ein Theil von unserm Ueberfluß, bestimmt.
30   Du billigst, Bruder?
Andolosia.   Alles.
Ampedo.   Rechnet drauf.

Probst. Der Wille meiner Herren wird erfüllt.
Das seinen Armen mild erwiesne Gut
Mög' ihnen reich vergeltend lohnen Gott.
Es werden gerne alle Herzen sich
Gesellen unserm Chore, denn wer liebt
Den milden, tapfern, jugendlichen Ritter
Den würdgen Sohn nicht des hochseeligen
Herrn Fortunati? Und wie dieser war
Selbst-Stifter seines Hauses hohen Glücks,
Das ungetrübt er selber lang genoß,
Fort mög' es auf die Sprößlinge vererben:
Und mögt ihr, Ritter, balde wiederkehren
Mit Ruhm gekrönt, ein Glücklicher, daheim.

Ampedo. Der Himmel höre euren frommen Wunsch.

Andolosia. Ich dank ihn euch, Herr Probst.

Ampedo.   Du reitest doch
Durch unsrer Mutter gräflich Schloß und Stadt
Zu Lorganub genannt zum Regenbogen.

Andolosia. Den Burgen werd ich frommen Grußes nahen,
Daß fern nicht ihre Bilder einst mich trüben;
Und, wo vom Vater Lehre ich empfahen
In ritterlichem Thun, der Wiese drüben;
Und auch den Forsten, die mich oftmals sahen,
Ein Kind annoch, die Lust des Waidwerks üben:
Von Freunden meiner Kindheit will ich scheiden,
Sie Freund behalten fern in Lust und Leiden.

Doch nicht die Stunde ist es nur der Worte,
Selbst sehen muß ich nach dem Glanz der Waffen;
Und niedersteigen muß ich zu dem Porte,
In unsere Galee die Mannen raffen;
Aus vierzig Reisigen an fremdem Orte
Ein standesmäßiges Geleit mir schaffen;
Zur Abfahrt müsse alles schnell sich rüsten,
Hinüber hoffend zu den fernen Küsten.

Ihr seht die Sorgen, welche meiner warten,
Drum gönnet, daß ich mich von euch entferne.

Ihr bautet lehrend meiner Jugend Garten,
Ihr wißt, ich horchte euren Worten gerne;
Nun heischt die Zeit, daß selber aus den harten
Geschickeszügen ich die Thaten lerne.
70 Ich gehe, mehr, Herr Probst, zu andern Zeiten.
Was ich gesprochen, muß ich itzt bereiten. (Ab.)
Ampedo. Ihr seht, Herr Probst!
Probst.   Der tapfre Jüngling wird
Zum Manne reifen nach der Vorsicht Rath.
Ampedo. Verzeiht, mir selber häufet die Geschäfte
75 Der rasche Zug.
Probst.   Ich laß euch, edler Herr!
Ampedo. Bei seiner Abfahrt sehen wir uns wieder.

(Probst ab. Ampedo, wie er allein ist, zieht den Glücks-Seckel
hervor und geht, indem er den Kopf bedenklich schüttelt, zu einer
andern Thür nach dem Innern des Hauses ab.)

III.

(Der Hof des Königs von Cypern zu Medusa. Der König. Zu
seiner Rechten der junge Prinz; Ritter und Edele. Darunter Graf
Lymosi. Andolosia tritt hervor und beugt ein Knie vor dem
Könige.)

König. Steh auf. — Ich sehe, Andolosia, dich
An meinem Hofe gern, dein Vater war
Mir werthgeschätzt, zu seiner Zeit, und lieb.
Ich selber gab die züchtge Jungfrau ihm,
5 Des Grafen Nimians letztgeborne Tochter,
Die dich gebar, Cassandram, zum Gemahl.
Ich habe ihres Glückes mich gefreut —
Dahin. Dein König teilte deinen Gram.
Du, solcher Eltern ein Erzeugter, hast
10 Dir selber früh erworben unsre Huld.
Es ehren dich die Waffen, die du liebst,
Ein Gutes bei dem Stechen thatest du.
Andolosia. Heil meinem König! möge nie von mir
Sich seine Gnade wenden. Ein Gesuch
15 Hab ich an eure Hoheit.

König.   Rede du.

    Ob es in unsrer Macht und billig ist,
    Wird gerne dir bewilligt dein Begehr.
Andolosia. Wollt Urlaub mir gewähren, gnäd'ger Herr,
    Daß ich in fremde Lande ziehen mag,
    In ritterlichem Wandel meine Jugend   20
    Zu üben nun beginne, und der Spur
    Des guten Vaters folge, den ihr lobt.
König. Du sprachst ein bill'ges Wort, drum, ob mit Lust
    Wir dich an unserm Hofe hielten, zeuch.
    Und mögen deine Thaten Cypern's Ruhm   25
    Erhöhen, aber nicht dein Herz vergessen
    Der Heimath, und zurück dich balde führen.
Andolosia. Es rufen heimwärts mich ein theurer Bruder
    Die vaterländ'sche Erde, eure Huld.
Prinz. Von hinnen, Andolosia, willst du zieh'n?   30
    Die Kunde zu vernehmen macht mir Schmerz.
    Der ich zum Manne bald erwachsen will,
    Gedachte nur allein von dir zu lernen,
    Wie man die Lanze bricht, das Roß bezwingt,
    Wie ich mit Lust dich üben sah und auch   35
    Es mir, dem Königsohne, ziemt zu thun.
Andolosia. Es sind, mein junger Herr, um eure Gnaden
    Zu unterrichten würdigere da.
    Ich habe nichts gethan, und euer Wort
    Ist mir beschämend, drum ich wandern muß.   40
    Ihr brecht wohl eure erste Lanze bald,
    Und wundert euch, wie leicht ein Spiel, das euch
    Den Durst nach bessern Thaten auch erweckt.
    Denn euer Arm und euer Herz sind stark,
    An eures Vaters Hofe beßre Ritter.   45
Prinz. Nicht einer, den ich liebte so wie dich.
Andolosia. Daß nicht ihr's reuen müsset, zieh ich hin.
Prinz. Ein wahres Wort, drum — gutes Abenteuer!
    Gedenke meiner auch im fremden Land.
Andolosia. Ein Würd'ger euch zu dienen kehr ich heim, 50
    So Gott es giebt.

Graf Lymosi.   Den Ritter Andolosia
 Laß ziehen, gnädger Herr, es sind fürwahr
 Noch andre Ritter da, die um die Gunst
 Zu dienen eurer Hoheit sich bewerben.
55 Prinz. Graf Lymosi zählt unter ihnen sich.
Lymosi. Ja, gnädger Herr, doch lachen eure Hoheit.
Prinz. Ich seh den Purzelbaum dich immer schlagen,
 Den vielbewunderten, vom sichern Stoß
 Gehoben seiner Lanze, nicht fürwahr
60 Wirst du mit solchem Kunststück nun mir dienen.
Andolosia. Des Grafen Lanze führt auch sichern Stoß.
 Es war ein Unglück, das ihn traf.
Lymosi (für sich, indem er zurücktritt). Der Knabe!
König. — — — — — — — — —
  — — — — — — — — —

IV.

(Der Hafen zu Famagusta. Morgendämmerung. Die Galee
Andolosias, welche ein Fortunabild am Steuerruder führt, liegt
segelfertig im Hafen, eingeschifft ist schon sein Volk. Volksmenge
am Ufer. Wechselgesang.)

Auf dem Wasser. Ausgespannt das Thal der Wogen
 Ist der kühnen Hoffnung Bahn;
 Sterne an des Himmels Bogen,
 Sterne auf dem feuchten Plan.
5 Auf dem Festen. Selbst dem Grund der festen Erden
 Ist es weise nicht zu trau'n;
 Wer verbürget uns, wir werden
 Unsrer Saaten Halme schau'n.
Auf dem Wasser. Festes Land mit deinen Bergen
10 Wirst du unserm Aug' entflieh'n;
 Dich in tiefe Fluth verbergen,
 Stets der Himmel uns umzieh'n.
Auf dem Festen. Schweifend durch die öde Weite,
 Wer doch hielte da den Weg,
15 Selbst oft an des Führers Seite
 Irrt ein Wandrer auf dem Steg.

Auf dem Wasser. Schauet, dort im strengen Norden,
    Jenes Sternes festes Bild;
    Solch ein Führer ist uns worden,
    Ewig ernst und ewig mild.   20
Auf dem Festen. Wollt ungleichen Kampf begehen
    Mit der Elemente Wuth,
    Rechten mit des Sturmes Wehen,
    Rechten mit empörter Fluth.
Auf dem Wasser. In den Kampf auch freudig ziehen 25
    Wir, wie in die Männerschlacht;
    Wissen, daß dem Muth verliehen
    Ueber alles Wesen Macht.

(Andolosia, begleitet von Ampedo und dem Probste, ist von dem
Palaste zu dem Meere herabgestiegen: da er an das Ufer kömmt,
schweigt der Gesang, die Brüder umhalsen sich und halten sich
lange umarmt, Andolosia macht sich los und besteigt schnell seine
Galee.)

Stimmen im Volk.   Gut Abendtheuer geb euch Gott,
                 Herr Ritter.

(Andolosia danket ihnen grüßend, erst vom Verdecke des Schiffes,
gelehnt an dem Bilde des Steuer-Ruders. Das Schiff sticht
alsbald in die See mit vollen Seegeln. Ampedo verbirgt sein
Gesicht in die Brust des Probstes.)

Gesang auf dem Schiffe (die Entfernung macht ihn bald
    unvernehmlich, das Lied verhallt in der Ferne).

    Fernher, aus geheimem Schreine,   30
    Winkt ein Schatz so wunderbar.
    Weiß allein selbst wen er meine,
    Und den Ort, wo er bewahrt.
    Und wir streben, und wir meinen,
    Streben, meinen immerdar,   35
    Schweifen durch des Lebens Weite,
    Und verachten die Gefahr.
    Wir begehren nur das Eine,
    Wir begehren immerdar,
    Immerdar auch will's erscheinen,   40
    Ach! verschwinden immerdar.

V.

(Ein Saal im Königlichen Palaste zu London. Ein Thron ist
für den König bereitet, die Ritter Englands und viele fremde
Ritter sind versammelt und warten auf den König. Einzelne
Gespräche.)

Ein fremder Ritter. Geendet ist das Fest, es haben schon
Die Fürsten sich entfernt, und, die wir zogen
Aus weit entlegnen Landen gegen London,
Im freudgen Wahn zu lesen Ruhmes Ähren
5 Auf diesem sonn'gen Plane, ja vielleicht
Hervor aus leuchtendem Gewimmel funkelnd
Den Blick zu fesseln der Bewunderten,
Der alle Liebe huldigt, Agrippinens,
Mit Unmuth im getäuschten Busen, ziehen
10 Nun selber heim; verdunkelt, übersehen,
Mit wundem Herzen und nicht heiler Haut,
Von Cypern's gold'nem Teufel wohl belehrt,
Daß klüger, hätten Kosten wir gespart,
Die nur mit leichtem, nicht geschätztem Siege
15 Den Glanz ihm des Triumphes schwach erhöht.
Das ist die Hoffnung rückgeblickt vom Ziele.

Ein Zweiter. Die Hoffnung selbst ist stets das beste Gut.
Genuß ist flüchtig, Ueberdruß ertödtend,
Der Täuschung Einsicht aber ist der Kelch,
20 Der bittre, der am Ziele mehrstens tränkt,
Beglückt, der immer hofft und nie erlangt.

Der Erste. Vom Falle schmerzt noch heftig mir der Arm.
Nicht Andolosia's werd' ich je vergessen,
Und nicht der Spiele, welche hier gefeiert.

25 **Der Zweite.** Daß Er auch hat den Sattel räumen müssen
Vergißt ergrimmt ihm leichte nicht der Graf
Theodorus

Graf Theodorus (ein Engländer).
                    Ihr nanntet meinen Namen?

Der zweite Ritter. Und rühmte eurer Lanze Kraft,
                                        Herr Graf,
Auch ich erprobte sie.

Graf Theodorus.   Am zweiten Tag —
  Beim erſten Anlauf hieltet ihr euch feſt.   30

Der zweite Ritter. Beim dritten Rennen ward ich
                         bügellos.

Der Erſte. Bei welchem aber gegen Andoloſia
  War't ihr, Herr Graf, zur Erde doch getragen.
         (Der Graf entfernt ſich.)

Der Zweite. Du nannteſt, was er eben nicht begehrt.

Der Erſte. Dem ſtolzen Uebermuth und Neid ſein Recht. 35

Fränkſcher Ritter. Der Kanzler läßt uns auf den
                   König warten.

Der erſte Ritter. Das iſt der luſt'ge raſchgewandte Franke,
  Der beim Turnier kein Schlechtes auch gethan.

Der Zweite. Zu welcher Zeit erhalten wir denn Zutritt
  Urlaub zu nehmen von der Königin,   40
  Und dieſer Erde wunderſamen Blume?
  Auch den erfreut, der ſeiner Dame dient,
  Das hohe Licht zu ſchau'n, der Fürſtin Antlitz.

Der Erſte. Mitſammt dem König werden ſie vielleicht
  In dieſem Saal erſcheinen. Nicht fürwahr   45
  Um ſeinetwillen kamen edle Ritter
  Und ſtarke Degen aus der Ferne her.

Der fränkſche Ritter. Iſt der doch ſelber kaum am
                 eignen Hof.

Der Erſte. Wie ſchlecht geſtellt und holpricht ſeine Worte.

Der Franke. Verzeiht, die Sprache möcht' ich ihm nicht 50
                 tadeln,
  Er drückt ſich edel und mit Anſtand aus,
  Und auch in Frankreich, des Geſchmackes Sitz,
  Erfreuten ſeine Worte, blieb er fern.

Der zweite Ritter. Doch edler Ritter, ſagt, wie euch gefällt
  Das Königliche Fräulein?   55

Der Franke.   Agrippina?
  Die wäre, wahrlich! ſelbſt in Frankreich ſchön.

Rinaldo (Ein junger Ritter). Beglückt, wer von der holden
                 Hand empfing
  Das Siegeszeichen dieſer edeln Spiele.

Der Franke. Hier kömmt der wackre, und er trägt das
Kleinod,
Die edle Kette, um den Hals gehänkt,
60 Nach seiner höf'scher Sitte.
Rinaldo (an Andolosia, der eben aufgetreten ist.)
Edler Ritter,
Nicht wollt verschmähen meinen Gruß, mit Ehrfurcht
Betracht ich auf der starken Brust das Kleinod,
Das köstliche, dem Mächtigsten gereicht
65 Gebührlich von der Hand der schönsten Frauen.
Es trieb das Herz mich meine erste Lanze
Entgegen dem Gewaltigsten zu halten. —
Ich ward von euch besiegt.
Andolosia.   Die Lanze traf
Geführt mit Sicherheit mir das Visir.
70 Daß, eurer nicht ein würd'ges, euer Roß
Gefällt ward unter euch vom kräft'gen Stoß
Zeugt der Gewalt allein des Lenkenden.
Daß eure Kraft ich würdige ein Zeichen
Vergönnt mir euch zu geben, nehmt das Roß,
75 Das ich an diesem Tage ritt, es wird
Nicht wanken und den starken Gegner
Erfreuet nimmer ihr mit leichtem Siege.
Rinaldo. Nein, Ritter, nicht des edlen Thieres, das
Sich unter euch des Sieges freute, wollt
80 An einen Unerfahrnen euch entschlagen.
Andolosia. Mir sind noch andre Rosse, schlagts nicht ab.
Der zweite Ritter. Dem nieder er gerannt die hohe
Schenkung!
Der Erste. Rinaldo möge des sich wohl erfreu'n.
Es ist der Rappen viele Hundert werth.
85 Rinaldo. Es sei, doch Ritter, wie ich euch bewundre
Auch inn'ge Liebe muß ich zu euch hegen;
Und zürnt das Herz auf eurer edlen Spur
Zu wandeln, Ritterruhm mir ärntend, kenn'
Ich nicht den Neid, die Freude nur allein
90 Daß ihr, ein Würdiger, auch seid beglückt.

Andolosia. Beglückt! und kann dein Blick durchdringen auch
    Die heimlichen Untiefen meiner Brust
    Des öden Kummers Schriften zu erschauen.
    Er spielt nur um die Kette, die sie deckt.

Rinaldo. Gewährt dem Jüngling eine kühne Bitte   95
    Empor gewagt im raschen Augenblick.
    Laß Ritterfreundschaft ewig uns verbinden.

Andolosia. Wir waren Freunde schon, wie Gute stets,
    Wann selbst sie nicht sich kannten, doch es sind.
    Und Brüder bleiben wir von Stunde an.   100

Rinaldo. In Kampf und Abenteuer mög' uns oft
    Vereinen des Geschickes heilge Macht.

Andolosia. Du ziehest nach Cicillien heimwärts nun.

Rinaldo. Nach Frankreich zum Turnier, es bindet mich
    Gesprochnes Wort, sonst würd ich wahrlich dir   105
    Und wo du zögest folgen.

Andolosia.   Fest gebannt
    Von dunkler Schickung bin ich noch allhie.
    Zu Lust, zu Schmerzen, schlummert unentdeckt
    Annoch in träger Zukunft schwangrem Schoß.

Rinaldo. Es darf der Sieger weilen, noch sie schauen, 110
    Sich wonnen noch in ihrer Augen Lichte
    Es muß der Arme namenlose flieh'n
    Mit süßen Schmerzen in verschloss'ner Brust.
    O wüßtest du . . .

Andolosia.   Ich seh'.

Der fränkische Ritter.   Es naht der Kanzler
    Zum Ueberfluß der König auch mit ihm.   115

Erster Ritter. Und mit der Kön'gin nahet auch die Fürstin.

VI.

(König. Kanzler. Rath. Andererseits die Königin, die Fürstin
Agrippina, die Damen des Hofstaats. Der König nimmt Platz
auf dem Throne. Die Königin und die Fürstin auf den Stufen, —
der Narr schleicht sich durch und nimmt Platz neben dem König.)
(Fußfall der Ritter.)

Kanzler. Glorreiche Fremde, Ritter baar des Tadels,
    Vor Englands Thron' in dieser letzten Stunde
    Versammelt noch, ein Kern des fremden Adels;

Und ihr entsprossen dieser Erden Grunde,
5 Auf meine Worte richtet die Gedanken,
Der König spricht zu euch aus meinem Munde.

Die festlich ihr erschienen in die Schranken,
Vor edlen Frauen Lanzen stark gebrochen,
Bewahrend Rittersitte sonder Wanken;
10 Des letzten Tages Urtheil ist gesprochen,
Verstummt des Festes Reigen in den Hallen
Der Plan verödet, wo ihr kühn gestochen.

Drum abwärts wollet ihr von London wallen,
Und euch zu andern Abenteuern wenden,
15 Da hier für euch die Zeiten schon verfallen.

Stets möge eigne Kraft euch Siegsruhm spenden!
Bevor ihr scheidet aber Kund gegeben
Werd' euch der Spiele Deutung, die nun enden.

Es scheint gesprochnes Wort rasch zu verschweben,
20 Das Lied ein gleiches Schicksal zu erfassen,
Und selbst vollbrachte Thaten zu entleben.

Es will die Luft den flüchtgen Schall verlassen,
Nicht der Moment, der zu der Vorzeit Tiefe
Sich ewig senket, Spuren hinterlassen.

25 Doch unverloren harret, was einst riefe
Die Zeit zum Dasein aus des Nichtseins Orte,
Ob Zukunftskeim es lautlos annoch schliefe.

Gesprochnes Wort dringt durch des Ohres Pforte,
Es lebt sein Leben in des Busens Schreine,
30 Und Thaten sind an's Licht erblühte Worte.

In Saamen schießt, was in des Tages Scheine
Geblühet einst, das Neue zu gebähren,
Und fort bis der Erfüllung Tag erscheine.

Und dieser Spiele Blüthen werden Ähren,
35 Daraus das Gold erreise froher Saaten,
Die Rittersinn und Tugend fortgewähren.

Und euch dankt Engeland, ob selber Thaten
Des eig'nen Dankes Kleinod in sich schließen,
Euch, daß aus euch die frohen Keime traten
40 Auf heimschem Grunde herrlich einst zu sprießen.

Der Narr. Hör 'mal Papa, ich habe ihn zwar eben so
wenig verstanden wie du, aber er spricht doch gut,
dein Kanzler, und mich dünkt, daß er in vielen
Worten gesagt hat, was ohne die vielen Worte ganz
klar geblieben wäre.

König. Schweig, Narr, was sollen die Leute denken?

Der Narr. Ho Ho!

Andolosia. Es kämpft ihr Kampf des Mannes Tugend   41
    machtvoll,
Gebährend sich in wechselnder Gestaltung,
Sie giebt dem eignen Blumenkelch Entfaltung
Und tritt herfür an Tagesstrahlen prachtvoll.
Geordnet ward vom Waltenden bedachtvoll,   45
Daß spielend sie die Saat der Forterhaltung
Selbst achtlos streue, doch die Weltverwaltung,
Auf daß sie sprieße, pfleget ihrer achtvoll.
Und nicht ist Dankes Engeland uns schuldig.
Ob Saat entsprang des Spieles freud'ger Regung,   50
Wir wälzen ab von uns ihn ungeduldig.
Dem Waltenden allein des Dankes Spendung,
Und uns vor allen ziemet die Erlegung
Denn unsrer Freude ward die hohe Sendung.

Der Narr. Ja, der kann es doch noch besser!

König. Still!

Königin. Den edlen Frauen habet ihr zum Ruhme   55
Gebrochen eure Lanzen, und es sollen
Die edlen Frauen wohl des Dankes Blume
Gebührlich euch und treuen Sinnes zollen.
Erstritten ist sie euch zum Eigenthume,
Von euch sie weisen dürfet ihr nicht wollen.   60
Der edlen Frauen Dank auf Englands Grunde
Empfanget, Ritter, aus der Kön'gin Munde.

Theodorus. Ob edlen Frauen wir zum Ruhme brachen
Die Lanzen nach der alten frommen Sitte,
Doch Dankes nicht und Lohnes wegen stachen   65

Und müßten wir uns in der Schranken Mitte;
Der Damen Ruhm wir einzig uns verſprachen,
Das Herz nicht hegend eine andre Bitte;
Drum nicht als Lohn, als Schenkung werd die Blume,
70 Ein köſtlich Kleinod, uns zum Eigenthume.
      (Der Narr gähnt und nach ihm der König.)
Narr. O ho! Papa, das vertreibt uns gut die Zeit,
      aber ſchlecht das Gähnen.
71 Agrippina. Hoch herab von dem Balkone
Leiſe Blicke zarter Frauen
Zu dem Lanzengarten thauen
Gerne, da der Kraftgeiſt wohne
75   Klingenden Glanzes.
Andre Blicke ſtreben raſch empor
Aus dem lichten Lanzengarten zu der Frauen Chor,
Die bang athmend der Entſcheidung harren und des
                              Waffentanzes.
Wie die Blicke ſich begegnen,
80 Wird der Spiele Luſt geboren:
Strömen aus des Morgens Thoren
Farbenwogen und beregnen
      Alle die Blüthen.
Mannen, Roſſe, Waffen, freud'ger Muth!
85 Roſen auf der Jungfraun Wangen flammen höh'rer Gluth,
Oder weiße Lilien ſchimmern wo die Roſen ſonſt erglühten.

Aber auch im Schein der Kerzen
Flammet gleicher Farbenſchimmer,
Da durch feſterhellte Zimmer
90 Damen, Ritter, Herz an Herzen,
      Fliegen den Reigen.
Süße Schmerzen in der Töne Meer
Sich entzünden und verſchwimmen mit der Farben Heer,
Schmerz und Wonne eng umarmet wogend auf und nieder
                              ſteigen.
95 Ach die Schranken ſind geſchloſſen,
Hin die frohe Pracht der Farben.

Nicht entsprühen Funkengarben
Noch den Waffen. Rasch entflossen
   Hellere Stunden.
Freude, Schmerzen und des Festes Lust   100
Nicht durchzittern bang und muthig wechselnd mehr die
      Brust,
Nehmt zum Dank das Angedenken an die Freuden, die em=
      pfunden.

Der fränkische Ritter. Dank und Angedenken tragen,
   Herrin, wir aus diesem Lande,
   Die wir sah'n auf fremdem Strande   105
   Solcher Schönheit Sonne tagen
      Blendender Strahlen.
Rinaldo. Angedenkenschmerzen stahlen
   Herrin, Augen die euch sahen;
   Ach es müssen, die euch nahen,   110
   Stummer Sehnsucht süßer Qualen
      Ewiglich warten!
Andolosia. Herrin, nicht im Lanzengarten
   Wir die härtsten Kämpfe hatten
   In der Nächte stummem Schatten   115
   Bange Kämpfe ihrer harrten,
      Denen ihr nah'tet.
Narr. Narren, Narren, Narren, Narrethei!
   Sengt euch an gemalter Lichtflamm' arme Fliegen frei.
   Habt zum Dank das Angedenken, Narrenstreiche, die 120
      ihr thatet.
      (Läuft davon.)
König. Genug! es haben uns die Spiele sehr erfreut
   Und ist uns selber leid, daß sie geendet heut.

VII.

Agrippina. Weh' der Mücke, da die Spinne
   Ihrer Netze Fäden ziehet,
   Summend fleugt sie hin und siehet
   Die Gefahr nicht, die sich spinne.

5 Weh dem Ritter, da der Minne
Fäden zieht mit schlauem Sinn
Eine Schöne, wohl darin
Unbefährdet, unbefangen,
Spielend ihn zur Lust zu fangen.
10 In die Netze fleugt er hin.

Wurde doch uns nur zum Spiele
Diese Vogelart erschaffen,
Und wir üben unsre Waffen,
Uns ergötzend, nach dem Ziele.
15 Beute unsrer Jagden, viele
Eingesperrt im Bauer müssen
Für die flatternden uns büßen,
Die nicht ihre Freiheit gaben.
Einen solchen Vogel haben
20 Kann die Stunden uns versüßen.

Und ein Recht ist dies Verfahren.
Gilt euch doch der Stärke Recht,
List ist unserem Geschlecht
Stärke, müsset ihr erfahren.
25 Drum sich hüte vor Gefahren,
Und gehalten und bescheiden
Wolle Spiel und Kampf vermeiden
Mit dem Feind der schwache Theil;
Jeder sucht das eigne Heil,
30 Feinde wir durch Lust und Leiden.

Kämpfe, Spiele, andre Namen;
Kampfspiel ist das Leben nur.
Also folg ich deiner Spur,
Tapfre Feindesschaar der Damen.
35 Und die Minne muß den Saamen
Zu den Kampfesspielen streuen,
Die mich Siegerin erfreuen,
Wo ihr nur euch stellet muthig;

Leichter auf dem Felde blutig
Mag der Sieg sich euch erneuen.

Amme (hat die letzten Worte gehört).
Siegeslustig annoch heute,
Pflegest du des Uebermuthes,
Doch es bringet nimmer gutes,
Einmal wirst du noch die Beute.

Agrippina. Also reden alte Leute!
Willst du noch mich quälen, Närrchen,
Mit der Wucht der alten Märchen?
Fanget doch den Vogelsteller
Nicht der Vogel! freudger, heller
Blick ich's an, mein trautes Clärchen.

Willst du alt die Jugend stutzen,
Will ich ihrer so genießen;
Doch die Lehren lasse fließen,
Manches Wort kann ich benutzen.
Andre Narren ziehen Nutzen
Von der Weisheit andrer Thoren, —
Weisheit, Titel, lange Ohren, —
Nur die Klagen sind zu ehren;
Drum ergieße deine Lehren,
Nicht doch gehen sie verloren.

Amme. Magst du immer, theures Kind,
Unbesonnen mich verlachen,
Klugheit führt des Alters Nachen,
Und die Jugend fahret blind.
Jag' die Worte in den Wind,
Andre Tage werden kommen,
Deine Scherze schlecht dir frommen,
Und du meiner noch gedenken.
Nicht kann solches Wort mich kränken,
Wohl der Weg, den du genommen.

Agrippina. Hört ich doch dich öfters sagen:
Alle Wege gehn zum Ziel.

Gute Amme, nicht gar viel
Will ich nach dem Ziele fragen.
75   Nur mit eig'nem Wort geschlagen,
Sollst du büßen ohne Säumen,
Daß du mich gestört im Träumen.
Aber sieh', mit dem Berather
Nah't mein Majestät'scher Vater,
80   Laß das Feld uns ihnen räumen.
                        (Ab.)

VIII.

König. Neugierig bin ich nicht, es schickte sich auch schlecht,
Das mögen Weiber sein, die haben wohl das Recht,
Ich aber bin ein Mann, ein König, was noch mehr ist,
Und bin es also nicht.   Doch sage, ob nicht schwer ist
5   Zu denken, wie der Mensch in solcher hohen Pracht
Zu leben sich erkühnt?   Der Aufwand, den er macht
Ist wahrlich unerhört.   Wie will er das ausführen?
Wo kommt das Geld ihm her?   Ich kann es nicht
                                    ausspüren.
Er, ohne Land und Leut. — Ich habe dir erzählt
10   Vom heutigen Gelag.   Da ihm das Holz gefehlt,
Bei edeln Spezerei'n, beim lautern Zimmetfeuer
Hat alles er gekocht.   Das ist doch ungeheuer!
Des nicht zufrieden noch, er hat die Diener gar
Mir jeglichen beschenkt mit hundert Kronen baar.
15 Rath. Er wird das Geld, o Herr, von unsern Juden borgen,
Und Juden und Lief'rant vertrösten auf den Morgen,
Auch wird ein klägliches das Ende, das er nimmt;
Ins Wasser sinkt zuletzt der Krug, der oben schwimmt.
König.   Das weiß ich sicher Freund, Geld giebt aus
                                    seinen Buden
20   Nicht ohne Sicherheit das kluge Volk der Juden.
Auch hab ich dies erfragt, die Kaufherrn puffen nicht.
Er zahlt auf einem Brett', sie sehen sein Gesicht

Mit voller Freude nahm, mit halber nur ach meines.
Drum trafest du sehr schief, nicht rathe so Gemeines.
Rath. Ein schwieriger der Punkt; ich sinne hin und her   25
Und weiß nicht aus und ein, drum gönnet mir,
o Herr,
Um nachzudenken Zeit. Ich selber unberathen,
Wie eurer Majestät fürbaß Gescheites rathen?
König. So seid ihr, kluges Volk, wann eurer man bedarf,
Dann seht ihr schief; wenn nicht, dann, Ja! dann   30
seht ihr scharf.
Ein schwieriger der Punkt, das kann ich selber schauen;
Doch endet deine Kunst, so geh ich zu den Frauen.
Ich thu es ungern zwar, und ist es mir fatal,
Doch muß ich wohl es thun, ich habe nicht die Wahl.
Denn, hab ich's doch im Sinn, ich will und muß   35
dahinter.
Es läßt mir keine Ruh'. Schon seit dem vor'gen
Winter
Treibt er das tolle Spiel, und lebt in Saus und
Braus,
Ihn sichtet es nicht an, ihm geht das Geld nicht aus,
Rath. Es naht die Königin.
König.   Die kommt zur rechten Stunde.
Laß uns allein. Ich weiß, sie hilft mir zu dem Funde.   40
(Der Rath ab. Die Königin tritt auf.)
Königin. Heil werde meinem Herrn!
König.   Ich danke dir den Gruß.
Bei Andolosia herrscht ein steter Ueberfluß.
Erzählen will ich dir, wie er es angerichtet.
Königin. Ich weiß es alles schon, es wurde mir berichtet.
König. Und wer so eilig denn kam seinem Herrn zuvor!   45
Das Neue findet doch gar bald des Weibes Ohr.
Nun, da du alles weißt, so tilge meinen Kummer:
Wo nimmt er denn das Geld? — Das raubt mir
schier den Schlummer.
Du kannst, du sollst, ich will, erkläre mir das Ding,
So du mir da begnügst, verehr ich dir den Ring,   50

Du siehst, er ist von Werth. Wem kann er denn
　　　　abstreifen,
Was alles er verthut? Es läßt sich nicht begreifen.
Königin. Noch weiß ich's selber nicht, und sinne lange
　　　　schon,
Ich habe mich bemüht, noch immer ohne Lohn.
55 Er hält es sehr geheim, man muß es ihm entlocken,
Doch hat es Schwierigkeit; gleich bricht er ab und
　　　　trocken,
Wenn man den Punkt berührt; doch weiß ich, wer
　　　　vermag,
Was er in sich vergräbt, zu rufen an den Tag.
Von Agrippina nur ist solches auszurichten.
60 Gehorsam euch zu sein, werd ich sie unterrichten.
Sie spreche ihn allein, ich weiß er ist ihr hold,
Er sagt ihr ganz sein Herz, da findet sich das Gold.
König. So siehe selber wie am besten es sich mache.
Das Meine ist gesagt, das Weitre deine Sache.

IX.

Agrippina. Es ist zu hohem Dank euch angeschrieben,
　　　　Daß mit so herrlich, festlichem Gelag
　　　　Den König ihr empfangen, edler Ritter,
　　　　So hoch beschenket seine Dienerschaft.
5　　　　Nichts gleichet eurer Pracht, nichts eurem Muthe.
Andolosia. Mein gnäd'ges Fräulein, redet nicht im
　　　　Schimpf.
Agrippina. Ihr sorget nicht, daß endlich euer Schatz
　　　　Sich leeren möge? ohne Land und Leut …
Andolosia. Mich quälet nicht die Sorge. Nicht entweihe
10　　　　Den Purpur eurer Lippen solches Wort.
　　　　Verächtlich ist das Gold, wenn man es hat.
Agrippina. Gesegnen mögt ihr euren Vater, daß
　　　　Mit solchem Hinterlaß er euch erfreut.
Andolosia. So reich als er gewesen, bin ich noch.

Agrippina. Auch er durchzog die Welt?
Andolosia.   Doch andern Sinnes.
Agrippina. Wie Ritter, meint ihr das?
Andolosia.   Ihn freute nur
Das fremde Land zu schauen, und die Sitten
Der Völker zu erkennen, die er sah.
Der Arme kannte nicht ein andres Glück,
Ihm ward zu Theil der dürftige Genuß;
Befriedigt zog er heim von dieser Erden.
Ein quälend unbegriffnes Sehnen trieb
Mich in die weite Welt, und ohne Rast
Durch vieler Herren Höfe mußt ich zieh'n,
Und fort mich sehnen, weit und weiter ziehn,
Und unbefriedigt ein verzehrend Dursten
Nach Unbekanntem tragen mit mir fort.
So fleugt ein muthig ungebändigt Roß
Den mitgetragnen Stachel, der es treibt,
Wann über Felder es den Lauf vollbringt.
Und also kam ich an des Königs Hof
In Engeland. — Da lernt ich erst mich kennen,
Begreifen mich, mein Sehnen und die Welt.
O gnädges Fräulein!
Agrippina.   Redet weiter, Ritter.
Andolosia. Ich sah euch, und ihr müsset mich versteh'n.
Empfand, wie sich des Mannes Namen, Kraft,
Des Weibes Namen, Schönheit, offenbart.
Wie von einander ewig angezogen,
Entgegen kämpft die Kraft, entgegen blüht
Die Schönheit, und Erfüllung nur erscheint
Im Liebeleben, welches sie vermählt.

Gelöst das Räthsel mir zu ew'gem Grauen,
Muß mein begriffnes Sehnen mich verzehren,
Wenn Gegenhuld nicht eure Augen schauen,
Und nicht verklären des Verlangens Zähren,
Das nur vermehren kann der Stern der Frauen
Strafend mit Zorn verwegenes Begehren.

Ihr ſeid das Licht erſchienen mir der Sterne
Des Ahnden hin mich zog durch öde Ferne.

50　Des Königs Tochter ihr, ich ſchlichter Ritter,
Welch Glück wohl könnte meine Liebe krönen?
Das Glück allein ſie krönen, das der Gitter,
Der Schranken und der Feſſeln weiß zu höhnen.
Im Zorn auch ſtürme drohend das Gewitter,
55　Dem Liebeleben laſſe kühn uns fröhnen.
Mich hat ſo hart die Zwanges-Macht geſchlagen,
Nicht wollt, um was ich werbe, mir verſagen.

Agripppina. Wohl hold der Klang der Worte, edler
　　　　　　　Ritter,
Die jetzt aus eurem Munde mir ertönen;
60　So hold erwacht der Saiten Klang der Zither,
Doch bald verweht des Windes Zug den ſchönen.
Es iſt der Glaube ſüß, der Undank bitter.
Ihr müßt euch meinen Glauben erſt verſöhnen,
Daß ſpäter nicht der Undank heiſche Klagen,
65　Ich hörte manchen Ritter, wie euch ſagen.

Andoloſia. Drum wappnet mich zu Thaten, nennt die
　　　　　　　Proben,
Welch Abentheuer, welches Schatzes Hebung . . . . .
Agrippina. Ich muß in euch den glüh'nden Eifer loben,
Doch nicht den Muth, ich prüfe die Ergebung.
70　Andoloſia. Es hat den Muth die Liebe mir erhoben,
Sie reicht mir Kraft zu jeglicher Beſtrebung.
Agrippina. Die Quelle nennet mir von eurem Golde,
Vertrauen lohnt mit reichem Minne-Solde.

Andoloſia. So ſchwöret mir, daß nicht mit falſchem Hoffen
75　Ihr meinen Glauben trachtet zu bethören.
Agrippina. Und meiner Freuden Garten wird dir offen,
Und reifen, was die Worte nun beſchwören.
Andoloſia. So hat mich Glückes Uebermaß getroffen,
Und will dein holder Leib mir angehören.

Verkündet werde wohlbedachten Muthes
Und freudereichen Herzens, Quell des Gutes.
(Andolosia zieht den Seckel hervor und wirft Gold in ihren Schoß)
Auf dir mein Glaube. Werde nie bereuet,
Was reiche Liebe wohlbewußt gehandelt. —
So lang der Sonnen mildes Licht mich freuet,
In ihrem Glanze noch mein Bruder wandelt,
Wird dieses Goldes reicher Born erneuet,
Von keiner niedern Sorge wir umwandelt.
Dies armselige Gold sei dir verehret,
Und mehr noch, und so viel dein Herz begehret.

X.

's war 'mal 'ne Katzen-Königin,
      Ja ja!
Die hegte edeln Katzen-Sinn,
      Ja ja!
    Verstund gar wohl zu mausen,
    Liebt' königlich zu schmausen,
      Ja ja! — Katzen-Natur.
Schlafe, mein Mäuschen, schlafe du nur!

Die hatt 'nen schneeweißen Leib,
      Ja ja!
So schlank, so zart, die Hände so weich,
      Ja ja!
    Die Augen wie Karfunkeln,
    Sie leuchteten im Dunkeln,
      Ja ja! — Katzen-Natur.
Schlafe mein Mäuschen, schlafe du nur!

Ein Edelmaus-Jüngling lebt' zur Zeit,
      Ja ja!
Er sah die Kön'gin wohl von weit,
      Ja ja!

'Ne ehrliche Haut von Mäuschen, —
Der kroch aus seinem Häuschen,
Ja ja! — Mäusenatur.
Schlafe mein Mäuschen, schlafe du nur!

25   Der sprach: in meinem Leben nicht,
Ja ja!
Hab ich gesehen so süßes Gesicht,
Ja ja!
Die muß mich, Mäuschen, meinen,
30   Sie thut so fromm erscheinen,
Ja ja! — Mäuse=Natur.
Schlafe mein Mäuschen, schlafe du nur!

Der Maus: willst du mein Schätzchen sein?
Ja ja!
35   Die Katz: Ich will dich sprechen allein,
Ja ja!
Heut will ich bei dir schlafen,
Heut sollst du bei mir schlafen,
Ja ja! — Mäuse=Natur.
40   Schlafe, mein Mäuschen, schlafe du nur!

Der Maus, der fehlte nicht die Stund',
Ja ja!
Die Katz, die lachte den Bauch sich rund,
Ja ja!
45   Dem Schatz, den ich erkohren,
Dem zieh ich's Fell über die Ohren,
Ja ja! — Katzen=Natur.
Schlafe mein Mäuschen, schlafe du nur!

XI.

(Die Kammer Agrippinens am Morgen. Andolosia schläft noch
auf dem mit Trinkgeschirr und Confecten besetzten Tische hin=
gelehnt. Die Amme spinnt am Fenster, wie Andolosia sich er=
muntert tritt sie hinzu.)

Andolosia (gähnt, wacht auf, schauet um sich und richtet sich
  auf.) Huaa! — wo? — was? Wo ist Agrippina
  hingekommen?

Amme. Seid ihr, Ritter, wach geworden?
  Wie so feste schlafen könnt ihr!
  Was ich gestern auch mich mühte,
  Euch zu wecken war nicht möglich.
  Ihrem Lager erst entstiegen,
  Meine Herrin zu dem König
  Mußte eilen, daß nicht etwa
  Er erschiene hier persönlich;
  Denn daß euren Schlaf er störe,
  Fand sie rathsam nicht noch nöthig.

Andolosia. Daß du vergingest, du alte Kupplerin,
  warum hast du mich nicht geweckt? Mein Schlaf
  ist nimmer so hart gewesen, hättest du mich nur
  ein wenig angerührt, so wär ich erwacht.

Amme. Hab ich alles doch versuchet,
  Schütteln, Pfeifen. — Ungewöhnlich
  Ist wohl solcher Schlaf zu nennen,
  Ob er nicht gar unerhört ist.
  Habt ihr doch mit tausend Kronen
  Gestern mich beschenkt gar höchlich,
  Hätt ich dessen schon vergessen
  Wär ich wahrlich eine Thörin.
  Nein, ich war zu euren Diensten,
  Wie mir Pflicht ist, angehörig.
  Hätte gern auch euch ermuntert,
  Daß euch sei die Nacht ergötzlich.
  Aber ja, euch schien ein Beßres
  Schlafen, als ein Glück so köstlich.

25 Hätt' euch auch für todt gehalten
Doch ihr schnarchtet allzu löblich.
Andolosia. Hat dich der Teufel geritten, verfluchte Hexe...
Amme. Sprecht nicht Ritter solche Worte,
Frommen Ohren gar anstößig.
Müsset auch nicht schelten wollen,
30 Nur ihr thatet, was nicht schön ist.
Waret gegen meine Herrin,
So zu sagen, nicht sehr höflich.
Andolosia. Agrippina, mein Gott! und was sagte sie denn?
Amme. Wollt ich auch es euch verhehlen,
Wüßtet ihr doch, daß sie bö' ist.
35 Sie ward roth, und ward verlegen,
Nannt euch Schlafegut und Fröstich;
Dann ergrimmt ob eurer Unart,
Nichts für ungut, schalt euch tölpisch;
Wiederum mit guter Laune
40 Lobte sie euch, zwar sehr höhnisch;
Sagt', es wär ihr gut vergolten,
Und der Vorfall wäre göttlich.
Legte dann sich leise nieder,
Doch der Schlummer war gestört ihr.
Andolosia. Verflucht! Daß ich doppelter Esel ....
aber nein! was hatt' ich denn getrunken? ...
45 Amme. Ob die Metten ihr verschlafen,
Seid auch darum nicht untröstlich.
Sich zu härmen oder fluchen,
Hilft zu Nichts und ist nur thöricht.
Nicht gehabet euch so übel,
50 Was verdorben, kann beschönigt
Werden noch, und euch zu dienen,
Bin ich jederzeit erbötig.
Lasset allen Kummer fahren,
Gutes Muthes seid und fröhlich.
55 Glaubt mir, die ich wohl sie kenne,
Auf mein Wort, Herr, ihr versöhnt sie,
Und ich wende sie zum Guten,

Und ſie bleibet euch nicht ſtörrig.
Müſſet ferner um ſie werben,
Und begegnet ſie euch ſpöttiſch,   60
Duldet, aber minnet treulich;
Wenn ſie hadert, o dann ſchwör ich,
Iſt das Beſte euch geworden,
Wer doch hadert unaufhörlich?
Liebeshadern, Frühlingsregen,   65
Zieht vorüber und verſöhnt ſich.
Doch daß wer euch hier nicht ſehe —
Kommet, Ritter, und vergönnt mir,
Daß ich euch von dannen leite;
Denn der Leute Mund gar ſchnöd iſt.   70
Aber werdet ihr geladen
Hier zum Andern und beköſtigt,
Nützet beſſer auch die Stunden,
Und verhaltet euch gehörig.
Einer Sünden Angedenken   75
Iſt nicht, glaubet, unauslöſchlich;
Aber wer zum zweiten ſündigt,
Wie ihr thatet, ja, da möcht ich
Selber ſagen, es iſt übel,
Iſt vielleicht der Liebe töblich.   80
Und wer eines andern rathet,
Iſt an Troſt wohl unerſchöpflich.

Andoloſia. Aber . . . .
Amme.   Kommt nur.
Andoloſia.   Aber . . . .
Amme.   Kommt doch!
Was ich ſage, glaubet wörtlich.
(Sie führt ihn hinaus.)
Andoloſia. Weiß ich doch nicht, wie es zuging;   85
Und es bleibt mir unauflöslich.
Amme. Sagt ich euch doch, wie es zuging;
Muß ichs euch beſchwören förmlich.
Aber laſſet euch nicht hören,
Nicht ein Wort mehr, euch beſchwör ich. (Ab.)   90

XII.

(Die Wohnung Andoloſia's)

(Andoloſia tritt auf, er geht in Gedanken mit heftigem Schritt
durch den Saal, den Blick zur Erde geſenkt. Lupoldus folgt ihm.)

Lupoldus. Der König, gnäd'ger Herr, ließ euch entbieten,
Er wolle heute, ob es euch genehm,
Das Mahl bei euch einnehmen. Heute noch.

(Andoloſia merket nicht auf.)

5 Lupoldus. Der König, edler Herr, hat eine Botſchaft
An euch geſendet, er begehrt mit euch
Zu ſpeiſen heute.

Andoloſia.   Gut, ich komme hin.

Lupoldus. Nicht doch, er, gnäd'ger Herr, er will bei euch
Beköſtigt ſein.

Andoloſia.   Auch gut, bereite denn
Ein feſtlich Mahl, ich laſſe dir die Sorge.

10 Geh! mache Anſtalt.

Lupoldus.   Herr, ich habe nicht
Genug des Geldes. Denn es koſtet viel.

Andoloſia. So will ich mehr dir geben. Tritt heran.

(Er zieht den Seckel hervor und geht nach dem Tiſche um da=
rauf Gold aufzuzählen. Da er beim zweiten Griff in den leeren
Seckel die zehn aufgezählten Kupferpfennige gewahret, winkt er
ſchnell Lupoldo ſich zu entfernen.)

Andoloſia. Entferne dich, ich will allein ſein, will's!

(Lupoldus ab. Andoloſia unterſucht den leeren Seckel ſchweigend
aus= und inwendig; wirft ihn dann von ſich.)

Das alſo war die Meinung, Agrippina, weh!
15 Um Diebeslohn, die ſtolze Königstochter, weh!
Der heil'gen Liebe hohe Worte, Diebeskunſt —
Und höhneſt — weh!
Nicht ſchnödes Gold haſt, falſches Herz, du mir geraubt
Bereichernd dich allein, o nein, es ſpaltete
20 Dein Frevel mir des Herzens tiefſten Schrein und riß
Daraus mir Glaube, Hoffnung, Leben, Liebesglanz.
Zerſchellt in düſtern Trümmern ſtürzt der Sonnenbau,
Anbricht die dunkle Winternacht, und hoffnungslos

Erstarrt von seinen Schauern, ein Vereinzelter,
Den trüben Blick nun senk ich in den tiefen Schooß   25
      Der Finsterniß.
Es lehrte kühn mich Köstlicheres verschmäh'n das Gold,
Das Raubgeword'ne deiner Trugkunst. Lügend dich
Entstiegen reichen Herzens Grund Traumbildungen,
Die waren lichtrein, die berückten mir das Herz.   30
Daß gut ich war, gab über mich dir Macht allein.
Ich reichte dir die Waffen, Raubnetz, flochtest du,
Mich zu umgarnen, jener Träume hehren Glanz;
Und selbst der Lanzen Splitter, die zu deinem Ruhm
Dein Ritter brach, sie gaben der perfiden Hand   35
Der in der Brust arglosen Grund zu senkenden
      Geschosse Schaft.
Ob mir verödet ist die Welt, die Freude hin,
Und nimmer Hoffnung scheinet, bleibt mir dieses doch,
Zu achten mich, daß ich ein Thor, ein Schlechter nicht   40
In meinem Wahn war, dessen ich mich rühme reich.
Du aber bist arm, Agrippina, soll ich dich
Beklagen, dich verachten, wehe, weh! o schönes Bild!
      O Schmerzens-Kelch!
Ein andres düstres Bild erwacht auch ängstigend;   45
Auch dir zum Dieb ward, theurer Ampedo, mein Wahn,
Auch dein das Kleinod, welches hinwarf meine Hand.
Nicht darfst den Lohn du theilen meiner raschen Schuld.
Begonnen sei der Kampf um Gold, des Lebens Glanz
Ist doch erloschen! — schaue, frechgemeines Weib,   50
Daß wie des Ernsten, du des Spielenden
Auch siegen mögest. Nicht in Siegesschoß zu ruhn
Ist weis', und höhnest? warnend ruf ich: ehre du
      Die Nemesis.

      (Er geht nach der Thür und ruft)

Lupold!   55
Lupoldus (tritt auf). Was, gnäd'ger Herr, befehlet ihr?
Andolosia. Es sollen alle meine Diener sich
      In diesem Saal versammeln, schnell!

(Lupold ab. Andolosia, indeß die vierzig Diener sich im Hinter-
grunde versammeln, zählt auf dem Tische das Geld, das er noch
in seinem Wamst und in einem Schreine findet; die zehn Kupferpfennige aber steckt er wieder in den Beutel, und nimmt den
zu sich.)

Andolosia (Zu den versammelten Dienern).

Seit bald zehn Jahren bin ich euer Herr,
Und hab' euch redlich auch gehalten. Nicht
Gemangelt habt ihr, bin in keines Schuld,
Ihr alle seid bezahlt. — Nun ist der Tag
Gekommen, da ich Hof nicht halten kann,
Wie bisher ich gethan: drum sag ich euch
Den Dienst auf, und versehe sich ein Jeder
So gut er kann, denn meine Zeit ist aus.
Ich habe nicht des Geldes mehr, denn hundert
Und sechszig Kronen, jedem schenk' ich zwo,
Und Roß und Harnisch bleibe ihm zu eigen.

Diener. Getreuer, lieber Herr, ob jemand euch
Etwas zu Leide that, so sprecht, der muß,
Und sei er wer er wolle, sterben.

Andre.   Sterben!

Andolosia. Für mich darf niemand fechten.

Diener.   Roß und Harnisch
Verkaufen wir und stehn euch bei.

Andolosia.   Ich dank'
Der Ehrerbietung allen euch, ihr frommen,
Ihr liebgetreuen Diener, so das Glück
Sich wieder zu mir kehrt, vergelt ich's gern.
Man sattle mir mein Roß, es darf mit mir
Nicht einer reiten.

(Zwei Diener ab. Er steckt ein Theil des Geldes zu sich und
rüstet sich.)

Lupold.   Gnäd'ger Herr, es sind
Noch sechszehn Kronen, die mir anvertraut.

Andolosia. Dein Eigenthum. — Lebt wohl, lebt alle
wohl.

Diener. Wo zieht ihr, Herr, wo richten wir den Lauf?

Andolosia. Ist Gott mir gnädig, such ich selbst euch auf
Nicht ohne Tröstung will ich von euch wandern.
Diener. Wir harren eurer Herr, in Brügt in Flandern.

(Andolosia hat sich gerüstet und schreitet grüßend durch die Schaar
der Diener aus dem Saale hinaus.)

XIII.

(Der Palast zu Famagusta)
(Ampedo sitzt allein an einem offenen Fenster und rauchet aus
einer irdenen Pfeife.)

Ampedo (zu den Leuten, so ihm zuschauen).

Ihr lacht. Ein Sonderbares dünket euch
Mein Kalumet, weil nicht die Zeit ihn kennt,
Worin ich lebe. Gerne gönn' ich euch,
O lacht, die kleine Freude, aber wißt:
Es ist nicht weise Ungewöhnliches   5
Verlachen, weil es ungewohnt nur ist;
In diesem Punkte hat der Bruder Recht.
Ich eilte meiner Zeit voran, erfindend
Zu eigner Lust dies Kalamos. Es wird,
Sie nahet, kommen eine Zeit, da Rauch   10
Aus solchen Röhren nur allein noch Lust
Der wohlgewohnten Menschheit dampfen wird,
Bei der das rege Ungethüm erstirbt.
Sankt Lorenz! muß die Rede, die zum Schutz
Ich mir ersinne, mich das ärgste kosten   15
Das nur mich quälen kann, das Feuer ist
Indeß mir ausgegangen, bleibt man doch),
Wie alt man in der Welt nur wird, ein Thor.

(Indem er die Pfeife wieder ansteckt.)

Ich lobe mir die leise Freude, die
Aus diesen trocknen Blättern mir erblüht.   20
Nicht anderen Genuß verschaffte mir
Mein Reichthum, diesem gleich. O wäre nur
Mein guter, vielgeliebter Bruder hier,

Und könnte seinen raschunbänd'gen Sinn
25 Auch der behaglich stillen Sitte beugen!
Ein schöner Traum! Du wirst ihn nimmer sehen.

Wer dort, in schlechter Tracht, herauf vom Hafen
Kommt eilend hierher zu? — — O Gott — mein
Bruder!

(Er wirft die Pfeife von sich und läuft aus dem Saale, seinem
Bruder entgegen, sie treten zusammen wieder auf, indem sie sich
fest umarmet halten)

Ampedo.   O Andolosia!
Andolosia.   Ampedo!
Ampedo.   Mein Bruder!
30 Doch warum kommst du so allein herauf?
Wo ließest du dein Volk?
Andolosia.   Ich habe sie
Verlassen alle, danke Gott, daß nur
Allein ich heimgekommen.
Ampedo.   Das gefällt
Mir übel; aber rede du, wie ist
35 Es dir ergangen? lange bliebst du aus.
Nun ist es an dem, daß, nicht sparend mehr
Wie diese Zeit ich mußte, mich die Kraft
Des Seckels freue.
Andolosia.   Laß zuvor uns essen.
Dann werden unser Heimlichstes wir tauschen.
40 Ampedo. Laß in den Speisesaal uns treten. — Bruder!
(Er umarmt ihn. Beide ab.)

XIV.

(Das Zimmer im Palaste zu Famagusta. Ampedo und Andolosia treten auf.)

Andolosia. O allerliebster Bruder, böse Botschaft
Muß leider ich dir bringen, muß ansagen
Daß ich den Glückesseckel eingebüßt,
So leid mir ist.

Ampedo (lehnt sich erschrocken an eine Säule).
　　　　So! — Haft du, Bruder, ihn
　　Verloren, oder wurde mit Gewalt　　　　　　　5
　　Er dir geraubt?
Andolosia.　　　Ich habe das Gebot
　　Des Vaters übergangen, ihn gezeigt
　　Dem Weibe, das ich liebte, doch sobald
　　Ich dessen Kraft geoffenbaret, hat
　　Sie mich darum gebracht, so jetzt mich kümmert.　　10
Ampedo. So geht es wohl mit Recht, wenn in den Wind
　　Man treuer Eltern Warnung schlägt und selbst
　　Ein großer Hans sein will; sieh, hätteft du
　　Gefolget, wäre unser Kleinod da,
　　Und ich mit dir in gleichem Unglück nicht.　　　15
Andolosia. Ich weiß es.
Ampedo.　　　Lieber Bruder, lasse dir
　　Es nicht so sehr zu Herzen gehen, denn
　　Wir haben noch elf Truhen voller Goldes,
　　Und noch das Hütlein, wenn dem König Soldan
　　Wir es anbieten, giebt ein großes Gut　　　　　20
　　Er uns dafür, und also, nicht gerechnet
　　Das gräflich Schloß und Stadt zu Lorganub,
　　Ist uns genug da, und so lang wir leben,
　　Ist uns zu führen einen guten Stand. —
　　Drum laß den Seckel fahren, freue dich!　　　25
Andolosia. Gewonnen Gut ist böse zu verlassen.
　　Dies mein Begehren: gieb das Hütlein mir,
　　Und ich getraue mir mit ihm den Seckel
　　Noch wieder zu erwerben.
Ampedo.　　　Hm! man sagt:
　　Wer Gut verliert, verliert auch Witz. Bewährt　　30
　　Sich doch an dir auch dieser Spruch! Du haft
　　Uns um den Seckel schon gebracht, und willst
　　Uns auch noch um das Hütlein bringen. Nein!
　　Ich lasse dich es nimmermehr wegführen.
　　Erlustige dein Herz mit seinem Spiele　　　　35
　　Um unsre Wohnung, gerne sei's gegönnt.

Andolosia. Es sei darum! getreuer lieber Bruder.
Und ob mein übles Thun dir Kummer gab.
So füg ich besserm mich nach deinem Rath.
40 Daß Freude du hinfort an mir erlebest.
Ampedo. Vergessen und verschmerzt, nur Freude jetzt.
Andolosia. Drum von dem Freunde sprich, wie lebt
  der Probst?
Ampedo. Erfreut von Gott mit blühender Gesundheit.
Er heget treue Liebe stets zu uns.
45 Er hat, wie oft, mit Troste mich gestärkt,
Da unmuthsvoll zu dir ich in die Ferne
Hinüber dachte, sagend meinem Herzen:
Du wirst dich seiner nimmermehr erfreun.
Er wird dich heute nicht umarmen, denn
50 Mit meinen Leuten ging er in den Forst
Die Jagdlust zu genießen.
Andolosia.   Leihe mir
Das Hütlein, Bruder, ihn zu überraschen.
Ampedo (holt das Hütlein aus einem Schrein hervor).
Mit Freude, nimm' es.
Andolosia (setzt das Hütlein auf).
           Nach Venedig!
  (Wird durch die Luft entführt.)
Ampedo (bestürzt hinschauend, wo er gestanden hat).
           So!
  (Dann geht er nach dem Fenster zu dem Rauchzeug.)
Ich habe heut' mein Kalamos zerbrochen,
55 Ich muß ein andres wählen und es füllen.

XV.

(Das Gewölb der Edelgesteiner zu Venedig.)
(Zwei Kaufherren. Kostbare Kleinodien liegen auf dem Tische.)

1. Kaufherr. Zu kostbar! und sie will die Kleinod nicht.
Wir sind geschlag'ne Leute, gehn zu Grunde.

    Sie muß sie nehmen, muß gezwungen werden,
    Wenn noch Gerechtigkeit ist in der Welt.
    Sie hat sie ja bestellt.   5
2. Kaufherr.   Gerechtigkeit!
    Und eine Kaiserin?
1. Kaufherr.   So möge denn
    Zur Stunde sie der Teufel hohlen, sammt
    Was im Gewölb nur ist von gutem Werth.
2. Kaufherr. Die Rede ist ja sündlich, schweig.
    (Andolosia tritt auf, von einem Diener geführt.)
Diener.   Hier, Herr,
    Hier findet ihr das Köstlichste der Art,   10
    Das nur Venedig aufzuweisen hat. (Ab.)
Andolosia. Zeigt Edelsteine mir und Damenschmuck.
1. Kaufherr. Euch Edelsteine?
Andolosia.   Ja.
1. Kaufherr.   Von welcher Art?
Andolosia. Das theuerste an Preis.
1. Kaufherr.   Das wollt ihr kaufen?
Andolosia. Das will ich kaufen, wenn es mir gefällt. 15
1. Kaufherr. Den Halsschmuck nebst den Spangen hier, etwa?
    Der Kaiserin, die sie bestellet hat,
    Bedünken sie zu kostbar.
Andolosia (nimmt sie in die Hand).
                Sagt den Preis.
1. Kaufherr. Zweihundert Unzen feinen Goldes.
Andolosia.   Wohl.
    Zeigt mehr.   20
1. Kaufherr (öffnet einen Kasten und Andolosia nimmt heraus).
    Wir haben, gnädger Herr, noch nur
    Die Ringe und die Ketten hier, von Werth.
    Denn alle Steine, die wir hatten, sind
    In diese Kleinod verarbeitet worden,
    Und andre zwei, dort in jenem Schrein.
    Die sind bereits ein fremdes Eigenthum.   25
    Ein Kreuz, bestellt von seiner Heiligkeit,
    Ein halber Mond, vom Soldan in Egypten.

Andolosia. Die Ringe hab ich ausgewählt, die Ketten
    Behalt' ich alle, sagt den Preis.

1. Kaufherr (rechnet nach).   Es wird —

30   Verzeihen eure Gnaden, — zwei und zwanzig,
    Und andre zwanzig, — achte dieser Ring. —
    Von fufzig Unzen Goldes der Betrag.

Andolosia. Ihr habet mehr nicht?

1. Kaufherr (öffnet einen andern Kasten).
    Diese Perlen noch.

Andolosia (nimmt die größten heraus).
    Der Preis von diesen.

1. Kaufherr.   Sechszehn Unzen Goldes.

35 Andolosia. Ich schließe einen guten Handel, wohl.

1. Kaufherr. Befehlen eure Gnaden nicht, zu sehen
    Die Kleinod die ich sagte, Meister=Werke
    Von unsrer Kunst.

Andolosia.   O ja!

(Die Kaufherrn gehen nach dem Schrein, Andolosia packt zu=
sammen, setzt das Hütlein auf und sagt:)
    Nach London!
    (verschwindet)

1. Kaufherr (mit dem Kreuze, erblickt ihn noch im Scheiden,
   indem er spricht).   Seht!
    O weh' mir, weh'!

2. Kaufherr.   Das war der Schwarze selbst,

40   Dem des Gewölbes Schätze du verehrt hast.

XVI.

Andolosia (indem er das Wunschhütlein aufsetzt und Agrippinam ergreift):
   In eine Wüste!

Agrippina.   Weh! sei Gott mir gnädig!

(Ein Rasenplatz unter zweien mit vielen Früchten beladenen
Apfelbäumen, wüste Sandebne rings umher. Andolosia setzt
Agrippinam unter dem einen Baume ins Gras nieder.)
    Wo bin ich denn? wie bin ich hie gekommen?
    Der Ort ist fremd.

Andolosia.   Das wird sich alles finden.
Agrippina (schreiend).
    O gieb mir Kunde, welcher Ort ist dies?
    Wie kamen wir dahin?   5
Andolosia.   Nur sachte, sachte,
    Ich bin nicht taub, ich kann jetzt wieder hören.
    Wir sind hier unter einem Apfelbaum
    Und kamen rasch.
Agrippina.   O heil'ge Mutter Gottes!
    Es raubet alle Kräfte mir die Angst.
Andolosia. Du sollst dich fassen und mein Wort ver= 10
                        nehmen.
Agrippina. Es brennet hier der Sonne Strahl so heiß!
    Und Durst und Müdigkeit, ich bin so schwach.
    O gäbst du mir der Aepfel einen, daß
    Ich mich erlaben möchte.
Andolosia.   Wohl, ich will's.
    Ich habe Zeit, es soll die Frucht dich laben,   15
    Indeß verwahre die Juwelen du,
    Ich muß den Baum erklettern, da, das Hütlein.
    Es schützet gegen Sonnenhitze dich
    Es würde durch die Zacken nur mich hindern.

(er hat ihr die Kleinode in den Schoß, und das Hütlein auf
    den Kopf gesetzt. Er klettert an den Baum.)

Agrippina. O wär ich nur daheim in meiner Kammer! 20

(Das Hütlein entführt sie samt den Kleinodien und dem Glücks=
    seckel an ihrem Gürtel.)

Andolosia (auf dem Baum, fährt fort, ohne aufgemerkt zu
    haben, er wirft Aepfel herab):
    Da hast du Aepfel. Iß nur die mit Frieden.
    Ein andres Wort, ein ernstes, sollst du bald
    Aus meinem Munde hören. — Denn die Zeit
    Ist nunmehr kommen, und die Rache reif,
    In Andolosia's Macht bist du gefallen.   25
  Du, Schlange, durftest wohl mit frechem Muthe
    An arger Ränken Seilen fest mich binden,

Dem Giftbetrunknen mir den Schatz entwinden,
Und reich dich rühmen von geraubtem Gute.
30 Doch schwellt das Glück die Brust mit Übermuthe,
Von seines Mostes Dunst die Sinne schwinden,
Dann zürnt das Glück, und sicher trifft den Blinden
Der Rache Pfeil, der auf der Sonne ruhte.
Du bist, mit deinem Raub in meinen Händen,
35 Zertreten kann ich nun das Haupt der Schlange.
Dem dir entflohnen Siege magst du staunen.

(Bei den letzten Worten will er den Blick auf Agrippinam
werfen, und merkt wie sie das Hüttlein mitsamt allen Schätzen
entführt haben müsse, da fällt er mit Geschrei von dem Baume
herab, er liegt ohnmächtig und bewegungslos an der Erde)

Der Souffleur (flüstert ihm zu und wiederholt immer lauter).
Es freut ... Es freut die Jungfrau ... Es freut die
Jungfrau ...

(Da doch Andolosia nichts hört, so strecket er den Kopf aus dem
Kasten, kehrt sich gegen die Zuschauer und sagt selbst:)

Es freut die Jungfrau schnell ihr Rad zu wenden,
Im unerwartet jähen Uebergange
Verherrlichet Fortuna ihre Launen.

XVII.

Andolosia (rafft sich auf. Ein Kuckuck singt in dem Wipfel
des Baumes).

Dir Baume fluch ich, fluche tief in dumpfer Gruft
Des Hurensohnes morschen Knochen, der zur Lust
Gepflanzt dich hat inmitten dieser öden Flur,
Mitsammt der Hahnereien hochgehörnter Zunft,
5 Die je gekostet oder kosten werden deiner Frucht.
Den Boden, welcher deinen Wurzeln, und die Luft,
Die deinen Poren Nahrung gaben, treffe Fluch.
Doch selber mir, dem blöden Thoren, der mit Wuth
Verderben mir bereitet, siebenfacher Fluch!

Und Fluch der tückenschwang'ren Stunde der Geburt,   10
Wo freudig mich die Eltern grüßten, unbewußt
Der Gegenwart geword'nen Zukunft, welche nun
Auf mir mit Mordwucht bleiern lastend schrecklich
                                               ruh't.
O Vater, deines Bettes sei die Lust verflucht,
Der meines grauenvollen Daseins fiel die Schuld,   15
Und daß sie Gift nicht ward, die Milch der Mutter=
                                               brust.
O hättest du mich, grimm'ger Tod, gewürget dann,
Bevor noch dieser Stunde kommen Noth und Angst!
Verflucht der Tag, die Stunde, da zum ersten Mal
Ich dich gesehen, mir entsponnen solche Schmach.   20
O Agrippina, falsches Herz, hinfort nun mag
Dich freun der köstliche Besitz, der Doppelschatz,
Und dich, Unholdin, ihre Mutter alt und karg.
Mein Ampedo, mein Bruder, der geliebt du warst
Vor allen meinem Herzen, könnt an diesen Platz   25
Dich meine Mordgier bannen, schnell mit eigner Hand
Dich würgen wollt ich, selber mich erhenken dann,
Und Hohn im Selbstmord grinzen, daß des Seckels
                                               Kraft
Aufhöre und in ihrer Hand versieg der Schatz.
O Schicksal, Schicksal, böses, schlugst du mich so hart,   30
Daß härter mich zu schlagen, du die Macht dir
                                               brachst!
Nichts, siehe, Nichts ist, das annoch ich fürchten kann.
Verzweiflung durchzuckt meine Seele schwarz und kalt.
Ich will mich fassen, will es, fest sein, sein ein
                                               Mann,
Mein Haupt behelmen, meine Brust umziehn mit   35
                                               Stahl.

(Er geht heftig umher und speist in Gedanken zwei der Aepfel
des Baumes, die er von der Erde aufnimmt. — zugleich wachsen
ihm an der Stirne zwei mächtige Hörner, deren Schein ihn
  nachher beunruhigt, er hebt immer den Kopf, um danach
                      zu sehen.)

Um meine Stirne ziehen düſtre Schatten ſich,
Dem Aug entweichend, wenn ich ſcharf ſie ſchauen
    will. —
Sind böſe Spiele der Gedanken. Fern von mir!
(eine Zeit darauf im Wahne, er habe das Wunſchhütlein)
Nach Famaguſta! — Wehe! grauenvoll! du ſprichſt
40 Im Wahnſinn. Selbſt zerſchellet haſt du eben itzt
Des Vaterhauſes Pfeiler, und anrufen willſt
Verſcherztes Glück du, welches nie rückkehren wird.
Verſchwinde, arges Dunkel, oder ſteh dem Blick.
Nur Hohngeſtaltung eig'nen finſtern Sinnes fliehſt
45 Und kehreſt du verfolgend ſtets zurück, und nicht
Die Ruhe gönnſt du, die ich mir erzwingen will.
Mich ſchrecket leeres Scheinen — bin ein furchtſam
    Kind
Ich denn geworden? wie ſo wüſt und leer um mich
Die Fläche dieſes öden Landes ſich ergießt!
50 Unaufgehalten überſchwebet ſie der Blick.
Die todte Einſamkeit iſt furchtbar, ihr erſtirbt
Ob kühn, der Traum der Rettung und der Muth
    erliegt.
Nichts lebt, es regt kein ſcheuer Laut ſich), einzig ſingt,
Verhaßter als das Schweigen, der Kuckuck ſein Lied. —
55 Du würdeſt nie mehr ſingen, wenn ich nur dich fing!
Wirſt du denn, Plageſchatten, mit dem luftgen Krieg
Ermüden nie, beſtürmend meinen kranken Sinn?
Du wirſt doch wie dem Auge dich der Hand entziehn?
(Er greift darnach, fühlt die Hörner und erſchrickt)
O weh mir! — Nein, verlachen muß ich ſelber mich,
60 Es war mir —
      (er faßt die Hörner an)
nein! ach Hörner ſind es ganz gewiß.
      (er verſucht ſie abzureißen)
Verwünſchter Mißwachs, Fluch und Tod! kein
    Mittel wird
Mich deiner zu erlöſen helfen! ſtoßen, zieh'n. —
Dir iſt, wie Wachsthums Schnelle, Feſtigkeit verlieh'n.

Mir selbst zum Abscheu worden, nun ein scheues Thier,
Zu denen ich mich sehnte, Menschen muß ich fliehn.   65
O Scheusal, Agrippina, falsche Zauberin,
Die doch ich nicht gefreiet, aber mir verlieh
Dies Angedenken, Rache, Rache über dich!
Es möge deiner stolzen Schönheit solcher Schimpf
Zur Krone werden, Ekel vor dem eignen Bild   70
Zu flieh'n dich treiben, aber welche du bestrickt
Mit Hohn dich ängsten, bis in's Grab du dich ver=
            birgst.
Ich renne mit dem Kopf den Baum an, ob Gewinn
Es mir wohl bringet, und das Schandding doch
            zerbricht.
        (Er versucht es)
Nichts — Wieder nichts, o Hölle, Wuth! wie fest   75
            es sitzt!
       (Er rennt noch einmal)
So brich! o weh'! das that mir höllisch weh!
Nicht anders war's, als ob die Seele mir
Zerkracht im Leibe wäre; des genug,
Ich will geduldig tragen und ertragen.
Es hat der Zorn sich mir gekühlt, und anders   80
Erscheinen mir die Dinge; nun fürwahr,
Von Ritter, der ich hieß, bin Fürst ich worden:
Mich freut der liebenswürd'ge Schmuck der Krone.
Ich spiele eine lustige Figur!
Das siehet, traun! um vieles besser aus   85
Als der verdammte alte Filz, der so
Gefällig eilend über Hals und Kopf
Mich hergepflanzt, und sollt ich an den Galgen
Mich heute wünschen, sammt dem Hörnerpaar
Blieb ich doch sitzen, hier auf grünen Matten,   90
Im duftgen Klee, wie die Poeten rühmen,
Für meiner Klugheit Streiche bin ich sicher,
Und was des Seckels ist, den kann ich missen.
Mit diesem Hauptschmuck angethan, da hat
Es keine Noth. — Ein Goldquell werd ich selbst mir.   95

Ich ziehe, wo nur Menschen sind, umher
Und lasse mich für Geld beschaun — wohlan!
Ei Leute! Leute! will kein Hurenkind
Sich blicken lassen, das der erste sei?
100 Es ist doch aller Dinge Anfang schwer!
Ich bin mit meinen Hörnern hier zu Land
Und meiner guten Laune ganz allein.
Ein König dieser Erden. — König? — ei
So will ich auch mich freuen königlich,
105 Und königliches Leben führen. — wohl!
Zu gutem Anfang leg ich hier mich schlafen.
    (Er legt sich nieder)
Ja ja! — — — —
Ja ja! — — schlafe du nur. — Wie ging es doch?
Schlafe du nur, schlafe du nur.
        (Er schlummert ein.)
(Saiten tönen hinter der Scene. Andolosia springt auf. Der
                Gesang hebt an.)
Andolosia. O süßer Ton der Menschenstimme, den
110 Nicht gier'gen Ohres noch zu trinken ich
Gedachte, güt'ger Gott! o Freuden-Wahnsinn!

XVIII.

Gesang. Der Klee, die grünen Matten
Inmitten dem öden Sand,
Der Apfelbäume Schatten —
Auf Erden kein anderes Land!

5 Und mögen dem trüglichen Winken
Gehorchen der Meeresfey
Die Erdensöhne, und sinken
In Sturmes-Drang mit Geschrei.

Entwandt den Eitelkeiten
10 Hat sich mein sehnendes Herz.
Von gottgeweihten Saiten
Der Klang strebt himmelwärts.

Und wie der Klang aufstrebet
Ist ihm mein Herze gesellt;
Auf tönenden Schwingen es hebet
Sich liebend zum Sternenzelt.

Der Gottheit Sehnsuchtsaugen,
Der Sterne mahnender Chor,
Sie blicken, und tönen, und saugen,
Den durstenden Athem empor.

Genesung der irdischen Qualen,
Gewährung der Sehnsucht, nur dort;
Dort aller Verheißungen Zahlen,
Dort meiner Sehnsucht Ort.

Der Klee, die grünen Matten
Inmitten dem öden Sand,
Der Apfelbäume Schatten —
Auf Erden kein anderes Land.

XIX.

(Ein Eremit mit Crucifix und Rosenkranz tritt auf, ein Saiten-
spiel in Händen haltend.)

Andolosia (auf den Bruder zueilend).
        So du vom Weibe bist gezeugt, ein Mensch,
        Bei deiner Mutter Brust beschwör ich dich,
        O übe du Erbarmung gegen mich.
Eremit. O armer Mensch, wer hat dich hergebracht,
        Und was in dieser Wildniß suchest du?
Andolosia. Ich kam ... ich suche ... — frommer
                                                Bruder, nicht
        So seltsam fraget mich — Nur Hülfe schafft,
        Daß zu den Menschen ich mich retten kann.
        Und euch beschwerlich werd ich nimmer noch.
Eremit. In dreißig Jahren keinen Menschen hie

Gesehen hab ich noch gehört, und wollte
Geblieben wärst auch du von dieser Wüste.
Andolosia. Mich reut es, daß ich jemals sie betrat.
Eremit. Doch rede du, o Sohn, wofern ich kann
15 Dir dienen, bin ich willig es zu thun.
Andolosia. Ein Becher Weines, lieber Bruder — ach!
Ich habe, eh' du kamest, schlechtbedacht
Zu schonen meine Brust, dem Baume da
Gar manches anzureden mich bemüht,
20 O kühle meinen Durst, erquicke mich,
In deine Zelle nimm mich gastlich auf.
Eremit. Mein Haus ist dieser Raum, des Himmels
Wölbung
Der Tempel meiner Andacht vor dem Herrn,
Und Speis' und Trank empfang ich nur allein
25 Von diesen Bäumen. O mein theurer Sohn,
Die Kost, die mich erhaltet, theile du,
Nicht Wein noch anders kann ich dar dir reichen.
Andolosia. Hm! — Sage Bruder mir, wie komm ich nun
Aus dieser Wüstenei, dem Unglücksboden,
30 Zu zahmen Menschen meines Gleichen hin?
Eremit. Fern, über diesen Sand, am Horizont,
Erschaust du jenen blauen Streifen?
Andolosia.   Ja.
Eremit. Ein waldbewachsenes Gebürg ist dort,
Und hinter dem im Thale wohnen Menschen.
35 Andolosia. Was aber, frommer Bruder, lehre mich,
Was mit den Hörnern, die in deinem Haus
So elegant sich meiner Stirn anwuchsen
Und rasch, daß dessen ich mich nicht versah
Ist mir nun anzustellen? Menschen — gut.
40 Meerwunder aber anzusehen muß
Ich ihnen also sein, ich möcht' es meiden.
Eremit. (pflückt und reicht ihm zwei Aepfel vom andern Baume.)
Nimm hin und iß. Von jenes Baumes Frucht,
Die du gewiß gekostet, ist allein
Dir solches wiederfahren, diese hier

Hegt eine andre Tugend und man darf   45
    In gleicher Anzahl beide nur genießen.
Andolosia. Wie, Henker! kommt das Obst an dieses Laster?
(Er verzehrt die Aepfel, indem er stets nach seinen Hörnern fühlt,
er freut sich, wie sie immer kürzer werden und zuletzt ganz ver-
schwinden.)
Eremit. Wie stolzen Wahnes Weise sich geberden,
    Die Urkraft höhnet bildend ihrer Träume.
    Deß Wort die Himmel schaffend rief, die Erden,   50
    Und was erfassen aller Welten Räume,
    Der ließ an Tugend wunderbar auch werden
    Auf hies'ger Sandung diese beiden Bäume
    Und nirgends andre noch von ihres Gleichen
    So fern und weit des Erdreichs Grenzen reichen.   55

Andolosia. Nicht zürne mir, o guter Bruder, daß
    Nicht fragend, ob du mir die Frucht erlaubest
    Von deinem Hörnerbaum ich Aepfel speiste.
    Ich wußte wahrlich nicht dein Eigenthum,
    Und konnte nicht vermuthen auch, daß wer   60
    In dieser Oasis Besitzer war.
    Vergieb den Fehl mir, guter Bruder, und
    Sei herzlich auch gedankt, daß du so mild
    Bereit warst alle Spuren zu vertilgen,
    So an die Stirne mir geschrieben hatte   65
    Verrätherisch die Frucht — ja, thue mehr,
    Erlaube du, o guter, lieber Bruder,
    Erlaube du mir, — wüßtest du wie gut
    Ich solche anzubringen nun gedenke
    Gesprochnes Wort auch lösend, o   70
    Erlaube du mir, daß ich pflücken darf
    Und mit mir nehmen des kostbaren Obstes
    Nur wen'ge Stücke, theurer, lieber Bruder
    Nicht hart, nicht grausam sei, es gilt mein Leben.

Eremit. O theurer Sohn, wonach dein Herz sich wende,   75
    Das nimm, du brauchst mich nicht darum zu bitten;
    Den Erdenkindern allen Gottes Spende,

Nicht eignes mir in dieses Gartens Mitten;
Mein Eine Seele, kann ich in die Hände
80   Des Herrn sie geben, hab ich gut gestritten.
Zu meinem Schöpfer die Gedanken flammen
Nicht Irdisches Hegen solle mich verdammen.

Ich kann an dir wohl merken, daß umfangen
Dein Sinn und Herz von eitel irdschem Gleißen;
85   Vergängliches nur heget dein Verlangen,
Entfernt des Ewigen dich zu befleißen;
Es gleicht dem Irrlicht, nicht es zu erlangen
Wirst du dem Wahren frevelnd dich entreißen.
O theurer Sohn, du fröhnest der Vernichtung,
90   Abtrünnig deiner Seelen Urverpflichtung!

O hättest du getrunken aus dem Bronnen
Aus dem lebendige Gewässer quillen;
Der Wunden Schmerzen in des Himmels Wonnen
Zu kehren, und den ew'gen Durst zu stillen;
95   Da wäre Freiheit dir und Heil gewonnen,
Mitwollend ruhigklar des Schöpfers Willen;
Auf Felsen fest gegründet deine Wohnung,
In Herzens Frieden wahrend die Belohnung.

Zum Kampf denn! woll aus deinem Herzen schlagen
100   Ein eitles Treiben, das das Licht beleidigt;
Unfrieden sühnt der Kampf, Sieg wirst du tragen,
Ob sich im Zorn das Ungethüm vertheidigt;
Der Streiter Schirm, das hohe Kreuz sieh' ragen,
Bei der Geburt auch du warst ihm beeidigt.
105   O theurer Sohn, nicht zu bestreiten trachte
Die Vorsicht, die an diesen Ort dich brachte.

Andolosia. Nicht kann ein wohlgemeintes Wort dir
frommen,
O heilger Mann, auf Felsengrund zu säen.
Ich weiß, wie ich an diesen Ort gekommen,
110   Den Kampf, in den des Herzens Flammen wehen,
Ausstreiten muß ich, hab' ich unternommen,

Und sollt' ich selber auch zu Grunde gehen,
Der Kampf ist Leben — soll ich einst erwerben,
Verblaßt mein Treiben, muß ich dumpf ersterben.
Geflügelt Wort, du nanntest mein Verhängniß!   115
Es reißt, ich fühl's, hinab mich unaufhaltsam.
Du Bruder riefst das Wort aus dem Gefängniß
Das selbst ich zu erbrechen war enthaltsam.
Eremit. O Mensch, der Leidenschaften Schmachbedrängniß
Dies Schicksal spinnst du selber dir gewaltsam.   120
Andolosia. Auch also. — Doch nach London muß ich eilen
Den Boden nenne mir, wo wir verweilen.
Eremit. Hibernia.
Andolosia.   O Fluch! wie lang noch schweifen
Durch Land und Meer bis ich das Ziel erst habe. —
Zum ersten Nächsten! — Zu dem blauen Streifen, 125
Den Bergen dort. — Dir Dank der hohen Gabe
O frommer Bruder, und, ob nicht ergreifen
Es mich gekonnt, des Wortes. — Bis zum Grabe
Mit dir der Frieden Gottes und sein Segen.
Eremit. Des Himmels Gnade leuchte deinen Wegen.   130

XX.

(Wildniß. Waldbewachsene Klippen an Meeres Ufer. Andolosia
setzt Agrippinam nieder.)

Agrippina. Was ist mit mir doch geworden!
Weh mir! welcher Ort!
Andolosia.   Vollbracht nun!
Agrippina. Welche schauervolle Wildniß!
Andolosia. Abgeworfen die Verkappung!
(wirft heftig Doktorkleid, falsches Haar und falsche Nase ab, das
Hütlein liegt zu Agrippinens Füßen.)
Agrippina. Weh mir! Andolosia! weh mir!   5
Andolosia. Ja, du stehst in seiner Macht nun.
(geht mit entblößtem Messer auf sie zu.)
Agrippina. Zuckst den Dolch du mich zu morden?
Weh mir, weh mir! hin mich raffst du

In der Blüthe meiner Sünden

10   Andolosia, o Erbarmung!

Andolosia. (schneidet ihr den Gürtel vom Leib, löst den Seckel,
reißt seinen Wamst auf, und steckt den Seckel an seinen Ort.)

    Hebe, Schlange, dich von hinnen!

    Selber dich gerichtet hast du,

    Und Vergeltung soll dir werden

    Der an mir verübten Handlung.

15 Agrippina. Ritter, ach gestrenger Ritter!

    Denkt der Liebe . . . .

Andolosia.   Thörin, wagst du

    Meinen Ingrimm noch zu reizen

    Mit dem frevelvollen Anruf!

Agrippina. Weh mir!

Andolosia.   Deine Mutter, deine

20   Clara, ruf' an, die so altklug

    List'gen Rath weiß zu entspinnen

    Und zu mischen Gift und Schlaftrunk.

    Wären auch die hier — der Seckel,

    Siehe, ruht an alter Statt nun —

25   Nicht vermöchte ihre Trugkunst

    Seiner anitzt noch Erlangung.

Agrippina. Güt'ger Gott!

Andolosia.   Was, Agrippina,

    Dachte doch dein Herze, daß du

    Also große Untreu übtest

30   Gegen mich, der ich so ganz nur

    Treuer Liebe hingegeben,

    Lebte in der Trugumgarnung.

    Hätte Gut und Blut gelassen

    Heil und Seele, wenn der Machtruf

35   Deines Blickes es geheißen,

    Hätte mich gestürzt in Kampfsturm

    Freudig-stark, wie im Turniere

    Dir zum Ruhm ich Lanzen brach und

    Sieger ward in jedem Strauße,

40   Fest von eines Traums Umarmung.

Welches Herzens Agrippina
Konntest du mir solches anthun,
Mir dem männlich guten Ritter
Solche schmähliche Behandlung.
Faschingspiel mit mir du triebest   45
Gierig fröhnend niedrer Habsucht,
Meines Herzens Blut du saugtest
Und verstießest mich in Armuth;
Reiztest schier mich dann zum Selbstmord
Der Verzweiflung grauser Ansturm,   50
Hattest Hohn du, keinen Mitleid:
Eine Zehrung auf die Wandrung —
Unverloren sieh die Gabe —
Diese Münze hier mir gabst du.
Hin die Gabe nimm zur Stunde   55
Nimm die rechtliche Erstattung.
Und gedenk gerechten Urtheils
Sprich den Spruch der Selbstverdammung.
           (Er wirft ihr den falschen Seckel zu.)
Agrippina. Hilf mir Himmel! ach des Blickes
Unheilschwangre Zornentflammung!   60
Andolosia. Weh mir, weh dir, daß dem heißen
Ernst du argen Herzens abschwurst.
O, du hast mich herb geschlagen!
Mir zerschellt von jäher Spaltung
Sank der Himmel, dem ich traute,   65
Und verstoßen zu dem Abgrund
Muß mit Grausen ich nun hausen
Unter ew'ger Nachtumspannung.
Liebeswort ist Nebelkappe,
Dunkelschleichend sinnt Verrath nur,   70
Sinnt Verrath um schnödes Gold die
Tochter königlicher Abkunft.
Reicher Glaube, feste Liebe,
Flammen himmlischer Abstammung,
Strebet zu des Himmels Sternen!   75
Dies auf Erden eure Zahlung!

Was doch haucht die raschen Worte
Thörigt meines Busens Wallung!
Leeres Schallen, sie verhallen,
80 Nicht doch sie verstehen kannst du.
Agrippina. Weh mir! das noch! harte Erde
Bist auch taub du meinem Angstruf,
Willst hinab denn mich zu ziehen
Reißen keinen tiefen Spalt du?
85 Liebesringen, Höllenflammen
Weh! im Zorne furchtbar nahst du
Richter der gerechten Rache,
Gott des Himmels! weh mir, Schmach nun,
Schmach gerecht von ihm nun trinken
90 Und den Becher der Verachtung!
Ritter, Ritter! könnte leuchten
Meiner Schmerzen Offenbarung!
Andolosia. Nein, zu frischen Angedenkens
Sind die Thaten, und die Langmuth
95 Bricht die Last der müß'gen Worte,
Spare deiner Kunst Entfaltung.
Sieh, die Stunde schlägt, die Rache
Schwingt sich auf, es wird die Schatzung
Ausgezollt gehäufter Schulden.
100 Weiß ich doch, gekühlt der Rachdurst
Erst des Busens, sinkt mein Leben
Klang= und farblos in Unmachtung
Dumpf hin müden, müß'gen Schleichens
Bis der Tod mir reicht den Labtrunk.
105 Agrippina. Und dein Wort macht mich ergrausen!
Eigner Tugend sei bedacht nur,
Nicht ein Schreckliches beginne,
Nicht die dunkle That der Rachsucht.
Wehrlos sieh ein Weib zu deinen
110 Füßen weinen, sieh der Waldung
Wilde Nacht um uns sich ziehen,
Dich zum Zeugen deiner That nur;
Andolosia, Ritter, denke

Eignen Hochgefühls Bewahrung.
Hand nicht leg an die Gefangne   115
Bändige mit mächt'ger Fassung
Deinen Zorn, in deinen Händen
Meines Leib's und Ehr Erhaltung.

Andolosia. Meiner, ja, will ich bedacht sein
Und es wurzelt die Ermahnung.   120
Bürg um Leib und Ehre sei dir
Ritterliches Wort. Doch abthun
Kann ich nimmer mich des Zornes
Nicht berückst du mich zur Sanftmuth.
Trägst du meiner noch ein Zeichen,   125
Nimmst wohl solches mit ins Grab du:
Wie bekränzet deine Schönheit
Doch der Stirne neuer Glanzschmuck,
Wohl dem Monde nun vergleichbar,
Mit der Hörner stolzer Pflanzung.   130

Agrippina. (fühlt nach den Hörnern an ihrer Stirne und er-
                            schrickt.)

Weh, dem Schrecken ich gebändigt,
Dachte nicht der Schmachgestaltung!
Andolosia!

Andolosia.   Agrippina!

Agrippina. In der gräulichen Verwandlung . . . .

Andolosia. Uebe fürder noch nach Herzen   135
Und nach Gold die üpp'ge Jagdlust.

Agrippina. Wär ich, Gott, der Hörner ledig
Bei dem Vater in der Stadtburg!

(Andolosia bei dem Worte besinnt sich des Hütleins, das bei
Agrippina zur Erde liegt, er stürzt hinzu, sie bemerkt die Bewegung und greift nach dem Kleinod. Andolosia ist ihr zuvor-
                            gekommen.)

Andolosia. Weh mir Thoren!

Agrippina.   Weh mir Armen!
Weiß ich nun, wo jene Kraft ruht.   140

Andolosia. Hättest bald mich hinterlistet
Mit den glatten Worten, Schandbrut!

Wäre nicht mein Eid, du müßteſt
Stracks mir büßen die Anwandlung.

(Er rüſtet ſich zur Abfahrt und will das Hütlein aufſetzen.)

145 Agrippina. Ritter, Ritter, ſeid barmherzig!
Muß ich, fremd der Menſchen Gattung,
Mit dem Wild an wüſtem Orte
Hauſen hier in rauher Waldluft,
Mich der Hungerstod erſchleichen?
150 Sie doch wiſſen ihre Nahrung;
Schaut zu der Verzweiflung Thränen,
Die ſind meine einzige Labung.
Andoloſia. Bild der mir entſchwundnen Liebe
Laß von ſolchen Worten ab nur.
155 Denn es trauert meine Seele
Und mein Herz ſinkt in Ermattung.
Mitleid muß ich doch dir zollen
Und mich rührt die holde Anmuth
Der Geſtalt, ob trüglich Gleißen
160 Sie umſchleiert nur Entartung.
Und du ſollſt nun zu den Deinen. —
Dicht vor London, von dem Wartthurm
Will ich nur ſo weit dich tragen,
Wie der Schuß iſt einer Armbruſt.
165 Denn den Unglücksort erſchauet
Nie mein Aug', deß ſtumme Mahnung
Mir die Frevelthaten zählet.
Agrippina. Nein nicht alſo! iſt im Anbruch
Doch der Tag ſchon deiner Gnade,
170 Andoloſia, o den Schmachfluch
Löſe, tilge dieſe Hörner,
Gieb vom ſchweren Bann Erlaſſung!
Andoloſia. Thörigte, gebent den Lippen
Von dem eiteln Wort Enthaltung.
175 Agrippina. O du läßt dich noch erſlehen
Andoloſia.
Andoloſia.   Eh'r den Rathſchluß

Brichst du des unbänd'gen Schicksals.

Agrippina. Von der Hoffnung ist Entsagung
Schwer dem Herzen, Andolosia,
Welch ein eisern Wort doch sprachst du!   180

Andolosia. Wie Nothwendigkeit so eisern
Fällt des Mannes=Willen Machtspruch.
Doch die Stunden nieder eilen.
Auf nach London, auf und laß uns
Schleunig zu der Reise.   185

Agrippina. (mit einer Bewegung nach dem Meeresufer.)
Nein nein!
Eh'r verschlinge mich die Salzfluth!

Andolosia. Halt an! Weib. Du rasest Wahnsinn.

Agrippina. Vor bekannten Volks Versammlung
Spott und Spiel und Mährchen werden,
Der Gedanke heischt Erstarrung.   190
Eh'r aus bangem Traum errette
Mich vom steilen Riff der Absturz.

Andolosia. Wo denn sonst begehrt dein Herz hin?

Agrippina. Ju die Fremde, in Verbannung,
Wo kein Aug mich je gesehen,   195
Tief und tiefer!

Andolosia.   Ohne Ahndung
Welches Sinnes, sprichst ein Wort du,
Hör das Wort an der Erfahrung:
Nirgends wäre dir es besser,
Als in Eltern Schooß, der Warnung   200
Traue, die aus treuem Munde.

Agrippina. Berge tief mich Klosternacht und
Unter Menschen sei mein Name
Dumpf verschollen.

Andolosia.   Hast bedacht du,
Agrippina, dein Begehren,   205
Und bedacht, was ich dir antrug?

Agrippina. Laß im Kloster hoffnungslos mich
Weinen.

Andolosia. Ist es Ernst dir?
Agrippina.   Ja!
Andolosia.   Nun!
(Indem er das Hütlein aufsetzt und sie anfaßt.)
Hütlein! vor ein Frauen-Kloster.

XXI.

(Hibernia. Vor einem Nonnenkloster an einsamem Ort, Gletscher,
Berge und Wälder, Aussicht über die See.)

Andolosia (setzt Agrippinam nieder).

210   Sieh erfüllt dir die Erwartung.
(Agrippina verhüllt ihr Gesicht. Andolosia fährt fort.)

1   Und diesem festen Thore will ich nahen, das
        Sich hinter dir bald dumpfen ernsten Klanges schließt
        Des Grabes Thor gleich, während zu den Lebenden
        Entsagter Rückkehr Hoffnung. Wollte dein Geschick
5   Aus deiner Brust selbst ziehen diesen Rath, gefällt
        Nun über dich, nicht rechte mit dem Waltenden!
        Der äußern Willkür herber Zwang verkündet oft
        Vollstreckend ihr Geschickesloos den Sterblichen.
Agrippina. Verdarben jeden Hoffnungsschimmer Unglück=
                                          seelige,
10   Erfaßt ihr Herz des Todes letzte düstre Wahl.
Andolosia (geht dem Kloster zu; er betrachtet Gitter und
                          geschlossene Thore).
        Wer giebt aus diesen Mauern Antwort meinem Ruf?
(Es erfolgt keine Antwort, er bemerkt den Hammer des Thores
und pocht; es dröhnt durch die Hallen des Klosters.)
Agrippina. Mir wehe, weh!
Pförtnerin (innerhalb).
        Wer stört die Ruhe dieser Gott geweihten Statt?
Andolosia. Der weitentlegnen Erden Sohn, ein Ritters=
                                          mann.
15 Pförtnerin. Nicht öffnen gastfrei diese Thore Männern sich.
Andolosia. Gehör begehrend von der edlen Abtissin.
Pförtnerin. Sie nahet dieser Schwelle horchend eurem
                          Wort.

(Die Thore öffnen ſich, die Abtiſſin erſcheint von anderen Nonnen
begleitet.)

Abtiſſin. Was treibt den Weltſohn dieſen ſtillen Mauern zu?

Andoloſia. Der Wunſch, daß eine edle Tochter, mir ge=
ſolgt,
Der Welt entrücket, in der Andacht ſtillem Haus   20
Begehrte Zuflucht finde.   Sie, uraltem Stamm
Entſproſſen fleucht das Mutterland und heim'ſche Dach
Weil ihren ſchön aufblüh'nden jungen Leib entſtellt
Mißfällig, plötzlich ihrem Haupt entwachſen, ein
Hornartiges Gezweige.   Kloſtereinſamkeit   25
Verlanget frommen Wunſches ihr gebeugtes Herz,
Und unerkannt zu bleiben treibet ſie die Scham.

Abtiſſin. Nur edlen Jungfraun öffnen dieſe Thore ſich,
Doch welche Pfründe hier begehrt, erlege denn
Zweihundert Kronen nach des Hauſes Satzungen.   30

Andoloſia. Die Pfründe zehnfach ſahend, nehmt die
Tochter auf.

Abtiſſin. Es trete ſelbſt uns näher dieſe Bittende.

Andoloſia (Agrippinam herbeiholend).
Komm Agrippina, deiner harrt die Abtiſſin.

Abtiſſin. (Zu den Nonnen.)
O ſeht! erbarmt euch Schweſtern nicht, daß dies
Geweih
Entſtelle ihrer ſüßen Bildung Ebenbau?   35
An Schöne gleich wär einer Heilgen ſie zu ſchaun,
Es zeugt der Anſtand hoher Abkunft; züchtiglich
Verweilt ſie zögernd noch zu nahen und beſchämt.
(An Agrippinam.)
Tritt näher, edle Tochter, ſprich, begehreſt du
Gebenget unſers Ordens Joch zu leben fromm   40
Als eine gottgeweihte Jungfrau unter uns?

Agrippina. Ihr nennet meinen letzten Wunſch, ehrwürd'ge
Frau.

Abtiſſin. So laß zuvor dich lehren, wie dies Haus beſteht,
Dein Herze prüfend und die Zukunft deiner Wahl,
Denn raſches Zornes handeln, wiſſ', iſt weiſe nicht. 45

Ein Vorgebürg Hiberniaś, am weitesten
Hervor sich werfend aus der Erden festem Bau,
Trägt nur allein dies Kloster, von der Sterblichen
Ansiedelein geschieden, selbst die äußerste.
50 Der Erden letzte Säulen sind die Riesen dort,
In düstre Nebel tauchend ihre Häupter, da
Zerstörungsfroh der alte Winter haust und herrscht
In ew'gem Menschenhasse. Ferne meidet scheu
Der Seegler diesen ihre Füße badenden
55 Okeanos, denn nördlich endet nah die Welt
Die aufgethürmte, helle, unnahbare Wand
Demant'ner Felsen; westlich sie der Königin
Des Tages annoch unbelauschtes feuchtes Grab.
Dies Haus in solcher ernster Abgeschiedenheit
60 Nimmt auf in seine Mauern edle Töchter, die
Erkannt der Erden eitlen Scheinens Nichtigkeit.
Und sie vereint lobpreisen nur den Einzigen
In hohem Chor anbetend seine heil'ge Macht.
Und ihnen stets unfreundlich zeigt die Erde sich,
65 Aus dunklem Boden trüber Nebel grauen Flor
Zur Bläue hebend, aber den Begierigen
Nur innern Lichtes scheinet herbe nicht zu sein
Ein friedlich Andachtsleben hier zu leben, denn
Nicht eines harten, dieses Ordens Satzungen.
70 Und welche treibt zu gehen in ein andres Haus
Der Unbestand des Herzens, ja selbst in die Welt
Zurück zu treten sich dem Ehhern einigend —
Sie mag es thun, denn, nicht dem kargen Grabe gleich,
Giebt dieses Haus die Abgeschiednen wieder frei,
75 Und nicht die zwangesharte Macht darf walten hier.
Dem Kloster ist verfallen nur das Pfründe=Geld,
Denn also will es des Gesetzes strenges Recht.
Agrippina. Verändert darf nicht werden meinetwegen was
Herkommen ist gewesen. Brauch, Gewohnheit, Sitte des
80 Ehrwürdgen Klosters gänzlich unterwerf ich mich.
Abtissin. Du wirst gehorsam meinem Wort sein jederzeit,
Zur Metten und zu allen Horen in dem Chor

Andächtig beisein, wirst beflissen sein, was nicht
Du weißt beim Eintritt, lernend wie du nur vermagst.
Agrippina. Ich werd es.   85
Abtissin.   Sei denn dieser frommen Schaar vereint.
(Agrippina tritt zu den Nonnen, Andolosia zählt Geld auf einen
              Stein am Klostergebäude.)
Andolosia. Und dieses Gold aufzähl ich, Pfründen ihr
                                            zu sein. —

Mich treibt es aber euch zu flehen, edle Frau,
Wollt sagen, und versichern mich, den Scheidenden,
Ihr lasset gerne diese hohe Tochter euch
Empfohlen sein, wollt ihrer liebend achten, wollt   90
Sie nicht gering, bei allem was euch heilig ist,
Sie nicht gering, unwürdig nicht behandeln: sagt's!
Abtissin. Ich werde sorgsam ihrer warten. Selber sie
Bestimme, ob ich ihrer Freundschaft mich erfreu'n,
Für sie nur Achtung hegen darf, denn mächtig zieht   95
Mich an die Anmuth ihres Leibes. Dieses noch
Gelob ich gerne wie es auch gehalten wird:
Abgehen, wo die Regel zuläßt, Möglichkeit
Nur reichet, wird ihr nimmer, was nur wünscht ihr
                                            Herz,
Der Sorg' entnommen, edler Ritter, reist mit Gott. 100
              (an Agrippinam.)
Du aber sollst dem Freunde geben das Geleit,
Den Ernst der Abschiedsstunde schlürfend unbelauscht.
              (zu den Nonnen.)
Ihr, Schwestern, folgt mir, heller Zunge mahnet uns
Das Erz der Stunde des Gebetes. Nehmt dies Gold.
(die Glocke hat zu läuten angefangen. Die Abtissin und die Nonnen
treten in das Kloster wieder ein; eine der Schwestern hat das
      Gold aufgenommen; das Thor bleibt offen.)
Andolosia. Nun segne Gott dich, gebe daß du lang gesund 105
In diesen Mauern lebest, für vergängliche
Erwerbend ew'ge Freuden, und nicht schlimm dein
                                            Theil.
Agrippina. Das wolle Gott!

(Sie hebt an heftig zu weinen; Andolosia wendet sich ab und
  verhüllt sein Gesicht in seine Kleider.)

O tapfrer, strenger Ritter, denket meiner bald,
110   Nicht euer Antlitz wendet ab der Elenden,
Nicht Gott, der Welt nicht dienen kann doch, deren Herz
Umschnürt mit Scham in stummer Angstverzweiflung
                                        nagt.

Andolosia (abgewandt).

Gescheh der Wille Gottes, des Allmächtigen.

Agrippina. (weicht zurück.)

Wildgrimmiger Leu, du verdarbst in der Brust
115   Und der Liebe Gewalt und den Mitleid ganz,
Richtender Gott, weh, weh Rasender mir,
Die zum Zorn ich gereizt den verderblichen Mann!
Denn raubte die That die entfliehende Zeit,
Hält karg sie den Raub, und die Saat trägt Frucht,
120   Und entschnellt fleugt, trifft der befiederte Pfeil.
Spiel kindischer Lust, ich bewege das Rad,
Es im Schwung hinrollt und erfaßt und entrafft
Die erschrockene bangaufschreiende mich
Zu der Tiefe hinab.

––––––––––

Anhang.

C'était un jour la reine chatte,
  oui da!
Qu'était altière et délicate,
  oui da!
Aimant à faire bons repas
De souris et de petits rats,
  oui da! — nature de chat.
Dormez mon chou, mon chat, mon rat.

Elle avait la peau blanche et fine,
  oui da!
Main fort douce et fort douce mine,
  oui da!
Regard tendre, les yeux brillants
La nuit comme de fins diamants,
  oui da! — nature de chat.
Dormez mon chou, mon chat, mon rat.

Un souriceau de noble race
  etc.
Vit de loin la reine à la chasse,
La bonne pâte de souris
Sortit aussitôt de son nid.

Il dit: non jamais de ma vie
  etc.
Je n'ai vu femme aussi jolie,
Elle aura de l'amour pour moi,
Car elle a un trop doux minois.

Veux tu m'aimer je t'aimerai,
  etc.
Seul à seul te réponderai,
Près de toi veux dormir ce soir,
Près de moi viens dormir ce soir. [1])

Le souriceau pas n'y manqua,
  etc.
Sa chatte s'en rit aux éclats,
Un amoureux la bonne pièce,
Je veux le manger de caresse,
On vous mange là de caresse. [2])

---

[1]) Lesart: dormirai-je avec toi ce soir | viens dormir avec [chez? nous ce soir.

[2]) Die letzte Zeile ist vermutlich Lesart zu der vorhergehenden

---

Anmerkungen.

S. XXVI Z. 1. v. o. schicksalig] diese hübsche Wortbildung Chamissos (s. Deutsches Wörterbuch; analog fatalis, holl. noodlottig) findet sich noch als Variante in einer Schlemihlhandschrift, s. Walzels Ausgabe S. 508, Anmerkung.

I 57. herfürziehen = vorziehen (s. Deutsches Wörterbuch), mit Dativ wohl nicht zu belegen.

VIII 18. Weder in dem deutschen noch in dem französischen Sprichwort (tant va la cruche à l'eau, qu'à la fin elle se casse, Der Krug geht so lange zum Brunnen bis er bricht) kann 'gehen zu' die Bedeutung 'schwimmen auf' haben, im Deutschen Wörterbuch ist eine solche Auffassung gar nicht erwähnt. Der moderne Niederländer ist dagegen geneigt, seinem Sprichwort 'De Kruik g a a t zoo lang t e w a t e r , tot zij breekt' diese Bedeutung zu unterlegen. Wie kommt aber Chamisso dazu?

38. fichtet] vgl. birstet [?] Werke 5, 322; ähnlich fahret VII 64, ratet XI 81, erhaltet XIX 26, haltet IV 14 (Lesart).

XII 26—30. Der Raub des Goldes lehrt mich nicht nur, mich über den Reichtum kühn hinwegzusetzen, sondern auch über Köstlicheres als Reichtum: über das Vers 20—22 genannte. Was mich an dir berückte, das warst gar nicht du, sondern eine lichtreine Traumbildung, die aus dem Grunde m e i n e s reichen Herzens (vgl. Vers 33, 37, XX 146, XXI 3, 40, 49 und in anderen Jugendgedichten) entstiegen war und trügerisch vorgab du zu sein ('dich log' schon in Chamissos Faust, Deutsches Wörterbuch: lügen 9).

XIV 7. übergehen = übertreten (so im Volksbuch) nennt schon Adelung veraltet, der spätere Heinsius freilich führt es ohne Einschränkung an; dem Dichter wahrscheinlich aus der Lutherbibel bekannt, deren 'ächtes deutsches Deutsch' Eindruck auf ihn machte (Brief vom 28. November 1805).

13. Ein grosser Hans sein will] so auch im Reutlinger Volksbuch, nicht bei Simrock; Chamisso hatte erst geschrieben 'Ein starker Geist sich dünket'.

XVII 8 f. Häufiger Gallicismus, auch in Chamissos Faust und in dem Briefe vom 23. September 1805: 'mir, der es nicht bin'. Vgl. Lehmann, Goethes Sprache § 22 und Fouqué oben S. XVI.

14. Gallicismus. Vgl. Vers 18.

38. Weglassung des Personalpronomens bezw. grammatischen Subjekts auf die Spitze getrieben in dem Brief Minas, Schlemihl IV.

42. rückkehren] 'rückstrahlt', Chamissos Faust; 'der Zauberkiel rückbringt mich', Brief vom 7. Juli 1809.

52. ob = wenn auch, vgl. XIX 102, 127, 'die wichtige, ob nichts entscheidende Einlage' Brief vom 5. November 1806.

XVIII 19. saugen] nach Novalis? 'O sauge, Geliebter gewaltig mich an', Hymnen an die Nacht IV, 'Wer jemals von heissen geliebten Lippen Athem des Lebens sog', Abendmahlssegen.

XX 51. der Mitleid! auch XXI 114, 'den Kloster' nach XXI 104.

99. auszollen] nicht in den Wörterbüchern; aus 'zollen', einem Lieblingswort des jungen Chamisso, das er ganz gleichbedeutend mit 'geben, bezahlen' gebraucht, ist hier 'auszollen' = 'ausbezahlen' gebildet.

131. dem Schrecken gebändigt] Chamisso liebt den syntaktisch losen Dativ. Vgl. 'der Sorg entnommen' XXI 100, 'das furchtbar dir geahnte Thor des Todes, Chamissos Faust; selbst 'ich bin dem wohl gewohnt', Brief vom 12. August 1806, letzteres vielleicht für frz. à, wie er auch fehlerhaft den Genetiv für frz. de braucht: 'der Anstand zeugt hoher Abkunft' XXI, 38, 'ich rede des ersten Teiles', Brief vom 10. September 1805, 'ihrer mit mir zu sprechen', 7. September 1806. Anders der Genetiv 'Und was des Seckels ist', oben XIV 93.

159. d. h. wenngleich deine Gestalt, als ein trügliches Gleissen, auch nur Entartung umschleiert.

XXI 9. d. h. Wenn Unglückselige den letzten Hoffnungs-
schimmer zerstört hatten oder sahen, vgl. Vers 111:
'Du verdarbst in der Brust der Liebe Gewalt'.
60. d. h. Die Nichtigkeit des eitlen Scheines der Erde,
vgl. II 39: 'Mitstifter seines Hauses hohen Glücks'.
Nachzutragen S. IX Anmerkung 1. M. Stegmayer,
Fortunatus Wunschhütlein. Zauberposse, 1819 in
Wien aufgeführt (vgl. Abendzeitung 6. April 1819:
'Vom inneren Gehalte ist hier gar nicht die Rede'.).

Lesarten.

(Die Haupthandschrift besteht aus 27 losen Quartbogen
zu je 4 Seiten und ist ohne Titelblatt oder Ueberschrift;
auf das Couvert, in dem sie sich nebst andern Werken
befand, hat Chamisso einfach 'Fortunatus' notiert. Der
ausführlichere Titel, den diese Publikation trägt, war aus
Chamissos Brief vom 28. September 1806 zu entnehmen;
Charaktere deutsch. — F = Fragment in Oktav, 9 Seiten
in lateinischen Buchstaben, enthaltend IX 1—40 und XII
1—XIII 28. — Beide von Chamissos Hand): I 29. andern]
korrigiert aus: andres   73. mag] aus: soll   IV 14. hieltc] aus:
haltet   VI 85. Hs. flamen, lies: Flammen?   88. Hs. Farben
schimmer lies: Schimmer?   VII 40. Vogel!] Vogel,   IX in F
Ueberschrift: Agrippina, Andolosia.   4. hoch] korrigiert in
reich F   14. Welt?] Welt. beide Hss.   XII Die Wohnung
Andolosias am andern Morgen F   mit heftigen Schritten F, zur
Erde gerichtet F   1. Lupoldus (Andolosias Haushofmeister) F
9. köstlich F   46. Ampedo] Bruder ja F   54. (Er ruft hinaus) F
58. Jahre beide Hss.   XIII 2. Kalubet beide Hss.   9. dies]
den F   XIV 13 korrigiert aus: Ein starker Geist sich dünket,
hättest du   XVII 2. Hurrensohnes   4. hochgehürnte   7. Poren]
Polaren oder Palmen? der vierte und fünfte Buchstabe un-
deutlich   11. mir   35 ff. Hörner] Hürner durchweg   XVIII
15. am Rande notiert: der Fittig   XIX 82 korrigiert aus:
Und Irdsches Hegen soll mich nicht verdammen.   101. führt]
korrigiert aus: tilgt   113. Der Kampf ist Leben] korrigiert
aus: Und ringend leb ich   XX 44. schälige   45 ff. ohne
Interpunktion   77 korrigiert aus: Was doch löst die raschen
Worte   XXI 22. fleugt   35 korrigiert aus: Zerstöre . . .
Schönheit Ebenmaaß, lies edlen Bau?   104./5. den Kloster.